JOAN AIKEN

EIN HAUCH VON FROST

ZEHN
RABENSCHWARZE
GESCHICHTEN

Deutsch von Irmela Brender

VERLAG FRIEDRICH OETINGER · HAMBURG

Umschlag von Stuart Hughes

Die englische Originalausgabe erschien bei
Victor Gollancz Ltd., London,
unter dem Titel »A Touch of Chill«
Gesamtherstellung: Ebner Ulm
Printed in Germany 1981
ISBN 3 7891 2208 4

INHALT

DER GEMIETETE SCHWAN

»So, verstehen Sie, geht das nicht«, sagte Edwin Luffington. »Es geht auf keinen Fall.« Voller Abneigung schaute er zum gewölbten Ziegeldach hinauf, von dem gelegentlich ein grünlicher Tropfen auf den Boden fiel. »Mein lieber David – darf ich David zu Ihnen sagen? –, wir müssen Sie hier rauskriegen.«
»Warum? Ich bin seit einem Jahr hier. Es ist praktisch.«
»Es ist ganz unpassend für einen Mann in Ihrer Position.«
David Glendower sah sich gedankenverloren um, dann kehrte er, weil ihm plötzlich ein guter Satz eingefallen war, zu seinem Manuskript zurück. Sein Arbeitsplatz mochte unpassend sein: David saß auf zwei Orangenkisten und benutzte zwei weitere als Schreibtisch. Der Raum, ein umbauter Bogen unter einem Viadukt in einer Stadt in der Grafschaft Kent, war ordentlich möbliert, mit einigen Regalen voller Manuskripte und einem Bett, und alle diese Einrichtungsgegenstände waren aus Orangenkisten zusammengesetzt; bei einem Preis von zwei Shilling für eine Kiste hatten sie einen Wert von etwa fünf Pfund. Der Boden war aus Lehm.
»Wohnen Sie hier die ganze Zeit?« fragte Luffington.
»O nein. Für die Sommermonate gehe ich aufs Schloß in Wales.«
»Schloß?« Luffingtons Gesichtsausdruck hellte sich merkbar auf.
»Pwllafftheniog. Der Wohnsitz meiner Ahnen. Im Winter bleibe ich nicht dort, weil es ziemlich unzugänglich ist; niemand ist bereit, Lebensmittel ins Haus zu bringen.« Das erinnerte ihn ans Essen, und er nahm einen weiteren Löffel voll aus einer Packung

mit Haferflocken und Korinthen, die auf seinem Schreibtisch stand. »Vom nächsten Dorf braucht man einen Tag bis zum Schloß.«
»Womit?« Luffington sah skeptisch aus.
»Auf einem Esel.«
»Könnte man Sie im Schloß fotografieren?«
»Ich glaube schon. Bei schönem Wetter. Es gibt nur zwei Zimmer mit Decken, und sie sind nicht ganz wasserdicht . . . Deshalb gefällt es mir hier. Es erinnert mich an zu Hause.«
»Was zahlen Sie an Miete?«
»Das Schloß gehört mir«, sagte David. »Oh, Sie meinen hier? Fünf Shilling in der Woche.«
»Jetzt können Sie sich mehr als das leisten«, erklärte Luffington. »Wie lange läuft *Ein schöner Tropfen Regen* schon?«
David warf einen Blick auf ein schmutziges Theaterplakat und rechnete mit den Fingern nach. »Fast zehn Monate.«
»Und *Der Nachthimmel im Mai* hat nächste Woche Premiere?«
»Ich glaube, ja. Wirklich, ich muß mich beeilen und *Fritten in Coromandel* fertig schreiben«, sagte David und sah aus, als wünschte er, sein Besucher würde gehen.
»Und es ist uns gerade erst gelungen, festzustellen, wo Sie wohnen«, seufzte Luffington, der eine berühmte Literatur- und Theateragentur vertrat. »Wirklich, Mr. Glendower – David –, Sie halten sich sehr gut verborgen. Hat es Sie noch nicht einmal interessiert, Ihren Kontostand zu erfahren?«
»Ich brauche anscheinend nicht viel Geld«, sagte David vage.
Luffington betrachtete ihn mißbilligend. »Sie brauchen einen neuen Anzug. Und eine neue Wohnung. Verstehen Sie, die Leute wollen Sie kennenlernen.«
»O wirklich, ich habe keine Zeit, mir eine Wohnung zu suchen«, protestierte David. »Ich bin gerade an einem kritischen Punkt im

zweiten Akt; die Leute müssen mich nehmen, wie sie mich finden. Und am liebsten ist es mir, wenn sie mich *nicht* finden.«

»Was die Wohnung angeht, so brauchen Sie sich keine Sorgen zu machen«, sagte Luffington ruhig und bestimmt. »Es ist gar nicht nötig, eine zu suchen. Eine unserer Autorinnen ist zur Zeit im Ausland, und zufällig weiß ich, daß ihre Wohnung möbliert ein Jahr lang zur Verfügung steht. Sie wird Ihnen ausgezeichnet gefallen: eine Erdgeschoßwohnung in der Curzon Street mit einem Garten. Und die Miete liegt durchaus innerhalb Ihrer Möglichkeiten. Morgen können Sie einziehen. Ich werde um zehn mit dem Bentley der Firma kommen und Ihnen beim Umziehen helfen – Sie haben offenbar sehr wenig Gepäck . . .«

»Gibt es dort Platz für meine Regale? Ich möchte nicht, daß meine Papiere durcheinandergeraten.«

»Nein, bestimmt nicht.« Luffington warf einen verächtlichen Blick auf die Orangenkisten. »Aber ich kann Ihnen versichern, daß Ihre Wohnung mit Schränken, Schreibtischen und Kommoden ausreichend möbliert ist. Und ich selbst werde Ihnen helfen, Ihre Manuskripte zu verpacken.«

»Es sind neunundvierzig Stücke und sieben Sonettfolgen«, warnte David ihn.

Selbst Luffingtons Ruhe geriet für einen Augenblick ins Wanken, und der Raum verschwamm vor seinen Augen in einer Vision von neunundvierzig Kassenerfolgen.

»Wie alt, haben Sie gesagt, sind Sie?«

»Fünfundzwanzig.«

»Und *Ein schöner Tropfen Regen* war die erste Arbeit, die Sie aus den Händen gegeben haben?«

»Ja. Diese Wohnung, von der Sie geredet haben . . .« sagte David besorgt, »muß ich die sauberhalten? Staub wischen und so?«

»Machen Sie sich *darüber* keine Sorgen«, beschwichtigte Luffington ihn. »Der Butler ist in der Miete inbegriffen. Er wird sich um Sie kümmern.«
»*Butler?*«
»Ein altes Familienfaktotum«, erklärte Luffington nachsichtig. »Die Wohnung gehört Louise Bonaventure – ich nehme an, Sie haben von ihr gehört?« Selbst Sie, hätte er fast gesagt, doch David sah ahnungslos aus.
»Sie ist eine außergewöhnlich bekannte Ornithologin. Sie müssen ihre Fernsehsendung gesehen haben – oder nein, die kennen Sie wahrscheinlich nicht«, fügte er hinzu, während sein Blick über die feuchten Wände zu der Kerze im Unterteller wanderte. »Sie reist auf der Suche nach seltenen Vögeln in ferne Länder. Ihre Sendung heißt *Salon-Safaris*. Gegenwärtig ist sie, soviel ich weiß, auf der Whitsun-Insel. Ein bezauberndes Geschöpf. Sie müssen sie nächstes Jahr kennenlernen, wenn sie zurückkommt.« David sah störrisch aus. »Das wäre alles, glaube ich«, schloß Luffington kurz. »Ich komme morgen früh und hole Sie ab, und inzwischen werde ich dafür sorgen, daß die Anwälte jemanden mit dem Vertrag in die Wohnung schicken, damit Sie ihn unterschreiben können. Bis dann, au revoir.«
Er ging: ein weidenschlanker junger Mann in einer kragenlosen Reptillederjacke nach der neuesten Mode, mit Augen so kalt und durchdringend wie Rampenlichter.
David seufzte, setzte sich wieder an sein Manuskript und hatte nach zwei Minuten seinen Besucher vergessen.

Die Wohnung in der Curzon Street war auf das Eleganteste eingerichtet und mit Teppichen ausgelegt, doch David nahm das am nächsten Tag kaum wahr; anerkennend bemerkte er lediglich Reihen wohlgefüllter Bücherregale. Er setzte sich an einen großen, bequemen Schreibtisch, zog Bleistift und Notizbuch aus der Tasche und mußte von Luffington mit Gewalt von diesem Platz weggezerrt werden, damit er die Anwälte begrüßen und den Mietvertrag unterzeichnen konnte. Luffington las das Dokument rasch vor. »Die Wohnung im Erdgeschoß von Curzon Street Nummer tumble-bum-drei, hiernach als die Wohnung bezeichnet, soll mit allen Installationen, Einrichtungsgegenständen, Geräten terum-tum-tum . . .« Davids Aufmerksamkeit ließ nach. Hatte Luffington tatsächlich »lebendes und totes Inventar« vorgelesen, oder erinnerte er sich an diesen Ausdruck von dem längst vergangenen Tag her, an dem Glendower senior Bankrott gemacht hatte? . . . Gegenstand einer vierteljährlichen Inspektion durch den Vermieter oder dessen Vertreter, terum-terum-terum . . . wird die Dienste von HENRY WADSWORTH OGLETHORPE als Butler in Anspruch nehmen für ein Gehalt von nicht weniger als . . . Voraussetzung für das Zustandekommen des Mietverhältnisses ist die Zustimmung des bereits erwähnten HENRY WADSWORTH OGLETHORPE . . .«

»Nur eine Formalität«, murmelte der kleine Mr. Nipchick, der Anwalt, entschuldigend. »Miß Bonaventure wollte unbedingt sichergehen, daß die Wohnung an jemanden untervermietet wird, der, wie sie es ausdrückte, die gleiche *Wellenlänge* hat wie sie. (Die Damen, man weiß das ja, haben ihre reizenden Eigentümlichkeiten.) Sie verläßt sich unbedingt auf das Urteil von Oglethorpe, der schon in ihren Kindertagen Butler bei ihrer Familie war . . .«

»Ich muß mich also diesem Oglethorpe vorstellen und sehen, daß ich Gnade vor seinen Augen finde?« David riß sich mit einiger Anstrengung vom zweiten Akt los.

»Wenn Sie so freundlich sein wollen, Mr. Glendower.«

»Wo ist er?«

»In der Küche. Ich will ihn . . .«
»Ich geh schon selbst. Ist dort die Küche?« Er legte den Finger ins Notizbuch und faltete den zweiten Akt darüber zusammen.
Ein rundlicher, väterlicher Mann saß an einem blitzsauberen Tisch und ölte eine Spieluhr aus dem siebzehnten Jahrhundert. Sein Gesicht paßte zu einem Butler: breit und blaß mit klugen, freundlichen Augen.
»Sind Sie Henry Wadsworth Oglethorpe? Guten Morgen, ich glaube, Sie müssen mich als Untermieter gutheißen. Aber entschuldigen Sie mich einen Augenblick«, sagte David höflich, schrieb ein halbes Dutzend Zeilen in sein Notizbuch, hob dabei einmal den Kopf und fügte hinzu: »Ich heiße übrigens David Glendower.«
»Sind Sie Mr. Glendower, der Dramatiker?« Oglethorpe fuhr gelassen in seiner Beschäftigung fort. »Wenn ich das gewußt hätte, dann hätten Sie sich die Mühe nicht zu machen brauchen. Miß Bonaventure hat eine sehr hohe Meinung von Ihrem Stück, und ich ebenso, Mr. David. Ich habe es mir zweimal angeschaut.«
»Oh, das ist schön. Es freut mich, Ihre Bekanntschaft zu machen. Was für eine schöne Spieluhr.«
»Ja, wirklich, nicht wahr? Miß Louise sammelt Spieluhren. Möchten Sie sie hören?«
Sehr melodisch und wehmütig spielte sie *Kannst du Kissen nähen* und machte dann weiter mit *Die Maid von Aberystwyth.*
»Da kann ich ein paar Worte vom Text«, sagte David und sang sie in einem angenehmen Tenor. Oglethorpe fügte überraschenderweise die Baßstimme hinzu, und als nach zwanzig Minuten Luffington und Mr. Nipchick nach ihnen sahen, waren sie mitten im *Aschenhain,* wozu David Falsettkadenzen sang.
Nachdem Mr. Nipchick ihn ungeduldig daran erinnert hatte, unterschrieb David den Mietvertrag, und die beiden Geschäfts-

leute verabschiedeten sich. Luffington versprach, zurückzukommen und David zu einem guten Schneider zu bringen.

»Inzwischen werde ich Mr. Glendower etwas von der Stange besorgen, Sir«, schlug Oglethorpe vor und musterte David prüfend, »denn in *diesem* Anzug kann er sich bei Padrith und Kneale nicht sehen lassen. Und«, fügte er hinzu, als die Haustür hinter Luffington ins Schloß fiel, »wie wäre es unterdessen mit einem schönen heißen Bad, Sir? Das Badezimmer ist hier. Während Sie baden, besorge ich rasch den Anzug – ein Modell von Lovat wäre wohl das richtige, Mr. David –, und dann bringe ich Ihnen ein leichtes Mittagessen, und Sie können sofort weiterschreiben. Ein Omelett und eine Flasche Haut Brion vielleicht?«

»Ja – sehr schön . . .« sagte David und steuerte brav auf das Badezimmer zu, wo Oglethorpe schon das heiße Wasser angedreht hatte. Er empfand vage, daß er äußerlich umgeformt werden sollte, doch da das unmöglich den Kern seines Wesens berühren konnte, machte es ihm eigentlich nichts aus; solange das alles in Oglethorpes fähigen Händen lag, war es ziemlich angenehm. Jedenfalls hatte er den Luxus eines warmen Bades seit Jahren nicht genossen und schwelgte jetzt darin, obwohl ihm Miß Bonaventures Badezimmer mit den dunkelgrünen Marmorwänden und der im Boden eingelassenen Wanne erschreckend üppig vorkam.

Als er schon einige Zeit im Wasser lag, träge mit einem Zeh die Seife hin- und herstieß und dabei Dialogstellen laut ausprobierte (die Akustik des Raums war vorzüglich), geschah etwas ziemlich Beunruhigendes.

Sein Auge fing eine kurze Bewegung von einer gemeißelten Alabasterkonsole am Fenster auf. Dort lag ein Schwan, der seinen Kopf unter dem Flügel verbarg. Er hatte ihn für eine Alabasterplastik gehalten. Als er sich jetzt jäh umwandte, sah er, daß der

Schwan den Hals gestreckt hatte, so daß der Kopf gerade unter dem Flügel vorschaute, und ihn mit einem schwarzen, glänzenden, unergründlichen Auge betrachtete.
David fuhr so heftig zusammen, daß Wasser über den Wannenrand schwappte. Schwäne sind im besten Fall, selbst wenn man sie vom vergleichsweise günstigen Punkt eines Ruderbootes oder eines Treidelpfads aus sieht, finstere und unberechenbare Geschöpfe. Einem Schwan zu begegnen, wenn man sich selbst in liegender Stellung, völlig unbekleidet, von Wasser umgeben und auf sehr viel tieferer Ebene befindet, ist eine enervierende Erfahrung.
David warf einen Blick auf die Badezimmertür und schätzte die Entfernung ab, doch der Schwan kam ihm zuvor, indem er ein Paar Flügel von etwa zwei Meter Spannweite ausbreitete und zwischen Wanne und Tür glitt. Dort ließ er sich nieder, zog ordentlich die Füße ein, bog den Hals zu einem exakten S und heftete die flachen Augen auf David.
Mit solch einem Publikum machte es kein Vergnügen, länger zu planschen. Es bestand sogar die erschreckende Möglichkeit, daß der Vogel sich entschließen könnte, das Bad mit ihm zu teilen. David trocknete sich eilig ab.
Oglethorpe hatte seine Kleider weggenommen und ihm einen Bademantel aus Frottee dagelassen, der höchst unzulänglichen Schutz vor Schwanenbissen bot. Doch dieser Schwan schien zwar wachsam, aber nicht gerade feindselig zu sein.
Als David vorsichtig um ihn herum zur Tür ging, drehte er den Kopf und hielt die flachen schwarzen Augen auf ihn gerichtet wie zwei Flakgeschütze, aber er erlaubte ihm einen geordneten Rückzug.
David fand Oglethorpe in seinem Schlafzimmer, wo der Butler den neuen Anzug komplett mit Socken, Unterwäsche, Hemd,

Krawatte und Taschentuch zurechtlegte. Alles war mit streng professionellem Geschmack so ausgewählt, wie es zum Bild eines aufstrebenden jungen Dramatikers paßte.
»Oglethorpe.«
»Ja, Mr. David?«
»Was hat dieser Schwan im Badezimmer zu suchen?«
»Bei kühlem Wetter, Sir, scheint es ihm dort zu gefallen. Ich finde, das ist nur natürlich; das Wasser, wissen Sie. Wenn Sie heute nachmittag kein weiteres Bad wünschen, werde ich die Wanne mit kaltem Wasser füllen (es kommt nur ein Spritzer warmes dazu); sie läßt sich gut als Planschbecken benutzen.«
»Aber was tut der Schwan *überhaupt* hier?«
»Er steht im Mietvertrag, Sir. Haben Sie es nicht gelesen? Möbel, Installationen, Gerätschaften und ein Schwan, wobei die Fürsorge des erwähnten Schwans dem später erwähnten Henry Wadsworth Oglethorpe obliegt.«
»Ich muß die Wohnung mit einem Schwan teilen?«
»Es ist ein sehr wertvoller Vogel, Sir«, versicherte ihm Oglethorpe mit einem Hauch von Mißbilligung. »Kein gemeiner Schwan; ein goldgebänderter Schwan aus Isbanistan.«
»Ich nehme an, Miß Bonaventure hat ihn von dort mitgebracht. Warum ist er nicht im Zoo?«
»Das ginge ganz und gar nicht, Sir. Es ist ein ganz besonderer Vogel.«
»Unfreundlich?«
»Oh, das würde ich nicht sagen, Mr. David.« War da Oglethorpe eine gewisse Zurückhaltung anzumerken? »Im allgemeinen bleibt er für sich. Bei schönem Wetter hält er sich natürlich im Garten auf.«
Jetzt verstand David, warum der Garten, ein reizender kleiner Hof mit einer Weinlaube und einem Feigenbaum, zu drei Viertel

aus einem großen und offensichtlich neuen Schwimmbassin bestand, das wohl für den Schwan gedacht war.
»Welches Geschlecht?« fragte er.
»Wie bitte, Sir?«
»Der Schwan. Männlich oder weiblich?«
Oglethorpe antwortete leise, daß es sich um einen weiblichen Vogel handle, und faltete Davids Taschentuch zu einer ordentlichen geometrischen Figur. »Ich bringe Ihr Mittagessen in zehn Minuten, Mr. David.«
Während Oglethorpe in der Küche war, überlegte David, ob ein weiblicher Schwan sanftmütiger oder bösartiger sei als ein männlicher. Wahrscheinlich hing das vom Vorhandensein oder Nichtvorhandensein von Eiern ab.
Das Omelett war köstlich, und der Wein war mild; dennoch wäre das Mittagessen eine fröhlichere Mahlzeit gewesen, wenn sich der Schwan nicht entschlossen hätte, langsam und würdevoll ins Eßzimmer zu kommen und sich auf den Teewagen zu setzen; von dort verfolgte er den Weg jedes Bissens in Davids Mund. Um ihn zu besänftigen, bot David ihm Toaststückchen an, doch das wurde hochmütig übersehen.
So bald wie möglich eilte David zu seiner Arbeit am Schreibtisch und hörte hinter sich langsame, patschende Schritte. Dann entstand eine gewisse Unruhe, und Oglethorpes Stimme sagte leise, aber fest: »Der Herr hat jetzt mit seiner Arbeit zu tun und will nicht gestört werden. Ich werde die Badewanne vollaufen lassen, dann kannst du ein bißchen schwimmen.«
David machte die Tür seines Arbeitszimmers zu und kam sich ziemlich gemein vor. Als der Nachmittag halb vergangen war (mit dem zweiten Akt ging es nicht gut voran), fühlte er sich verpflichtet, auf Zehenspitzen zum Badezimmer zu gehen und durch den Türspalt zu spähen. Der Schwan war in der Wanne, glitt über

seinem Spiegelbild hin und her und putzte sich mit energischen Schnabelstößen den Rücken. Er schien zufrieden zu sein, aber ließ er nicht ein bißchen den Hals hängen, als wüßte er, daß er abgewiesen worden war? Auf dem Rückweg ließ David die Zimmertür offen, und wenig später hielt er beharrlich den Kopf über sein Notizbuch gesenkt, als jemand mit einem langsamen Schlip-Schlap die Binsenmatte hinter ihm überquerte. (Hatte der Schwan sich die Füße abgetrocknet, bevor er das Badezimmer verließ?)

Um sieben, als Oglethorpe lautlos hereinkam, um sich Anweisungen wegen des Abendessens zu holen, schrieb der Dramatiker wie verrückt, während der Schwan still, regungslos, aber nicht ohne Anteilnahme auf einer Schreibtischecke saß und einen großen Stoß Manuskriptpapier beschwerte.

»Ich habe einen Auflauf gemacht, Sir. Möchten Sie ihn jetzt, oder soll ich noch ein wenig damit warten?«

»Ich möchte gleich essen«, sagte David und streckte seine verkrampfte Hand. »Ich habe genug getan.«

Als Oglethorpe ihm nach dem Essen den Kaffee brachte, fragte er nach dem Namen des Schwans.

»Miß Lou – das heißt, eigentlich hat er, oder besser sie, keinen Namen, Sir. Miß Louise hat nicht daran gedacht, bevor sie abreiste.«

»Sie sollte einen Namen haben. Ich werde sie Lucy Snowe nennen«, sagte David und dachte an den erinnernswerten Satz aus *Villette:* »Ich, Lucy Snowe, war ruhig.« Ruhe schien die Stärke dieser Lucy zu sein.

»Sehr gut, Sir. Möchten Sie noch etwas?«

»Nein, danke, Oglethorpe. Sie machen es mir sehr behaglich«, sagte David und schaute von dem friedlich glühenden Kaminfeuer zu dem Schwan, der auf dem Konzertflügel aus Ebenholz saß und

den Kopf unters Gefieder gesteckt hatte. Es war verblüffend, wie schnell man sich an einen Schwan im Zimmer gewöhnte.
»Es ist ein Vergnügen, sich um Sie zu kümmern, Mr. David«, sagte Oglethorpe unerwartet; er machte sanft die Tür hinter sich zu und überließ das schweigsame Paar seinen eigenen Gedanken.

Eine Woche verging. Von Luffington angetrieben, kaufte David sich eine korrekte Garderobe, ließ sich einen Haarschnitt machen, der seine hageren, gutgeschnittenen Züge zur Geltung brachte, und besuchte die Premiere seines neuen Stückes, *Der Nachthimmel im Mai,* das sofort ein Erfolg war.
Da zwei seiner Stücke gleichzeitig liefen, wurde David Glendower eine gefeierte Persönlichkeit, und wenn es nach Luffington gegangen wäre, hätte er zahlreiche öffentliche Auftritte gehabt und Fernsehinterviews gegeben. David hatte jedoch eine ausgeprägte Fähigkeit zur Selbsterhaltung, die im Verein mit Oglethorpes bezwingender Art, Anrufer oder Besucher zu behandeln – »Ich fürchte, Mr. Glendower ist nicht zu sprechen. Ich werde ihm Bescheid sagen, danke, *und* auf Wiedersehn« – die meisten seiner Bewunderer zurückhielt.
Eine drang jedoch zu ihm durch.
Jeder, der Blair Lanaway kannte, bezeichnete sie als ein entsetzliches Mädchen, »doch«, mußte dann zugegeben werden, »sie hat Stehvermögen«. Es stimmte, das hatte sie. Dieser Eigenschaft und keineswegs der Tatsache, daß sie adelig war, verdankte sie ihre Stellung als Klatschspaltentante der Zeitschrift *Fancy.* Sie bekam immer die Information, hinter der sie her war, und allgemein wurde zugegeben, daß sie die lebendigste, sachkundigste, niederträchtigste Kolumne der ganzen Presse schrieb. Sie hatte ein rundes Gesicht mit hochstehenden, gepolsterten Wangenknochen, pflaumenschwarzen Augen und eine dunkle Mähne wie eine

Vogelscheuche; ihr lautes Lachen und ihre durchdringende Stimme mit dem exklusiven Internatsakzent waren in der halben Stadt bekannt. Sobald sie einen Blick auf David geworfen hatte, ließ sie alle ihre besitzergreifenden Instinkte spielen.

David hatte das Mißgeschick, sich den Knöchel zu verstauchen, als er nach einem Pflichtbesuch der dreihundertsten Aufführung von *Ein schöner Tropfen Regen* die Theatertreppe hinunterging. Blair war zufällig in der Nähe, stürzte sich auf ihn wie ein Hühnerhabicht und bestand darauf, ihn in ihrem gräßlichen kleinen Auto nach Hause zu fahren, bevor er sich von ihr befreien konnte. Die Höflichkeit verlangte, daß David sie zu einem Drink hereinbat; Tatsache war, daß Miß Lanaway ihn zu Oglethorpes offensichtlichem und tiefem Mißfallen praktisch über die Schwelle trug.

Bevor David wußte, wie ihm geschah, hatte sie ihn für den folgenden Abend zum Essen in ihre Wohnung eingeladen; sie versprach, ihn wegen seines Knöchels abzuholen.

Wenn David in späteren Jahren zuckend aus Alpträumen erwachte, erinnerte er sich stets an diesen Abend. Blair servierte ihm einen höllischen Cocktail, von dem er meinte, er könne aus Benzin und Hagebuttensirup mit einer Prise Luminal bestanden haben, doch er war sich nicht sicher; danach saß er wie betäubt da und versuchte vergeblich, seinen Verstand zu Hilfe zu holen. Blair machte es sich auf dem Teppich vor dem Kamin bequem und plauderte fröhlich, doch im Lauf des Abends kam sie immer näher, bis ihre Ellbogen auf seinen Knien lagen und sie ihm tief in die Augen sah. Später konnte David sich nicht mehr deutlich an die Reihenfolge der Ereignisse erinnern, doch wußte er, daß Blair gegen Mitternacht mit einem jungenhaften Lachen sagte: »Warum willst du überhaupt nach Hause gehen? Ich kann die Luftmatratze aufblasen, wenn du dich danach sehnst, allein zu schlafen.«

»Mein Butler wird sich Sorgen um mich machen«, brachte David mühsam heraus und versuchte sich auf seinem gesunden Fuß zur Tür zu retten.
»Was kümmert uns dein Butler.«
»Und Lucy auch.«
»Wer ist Lucy?« fragte sie scharf.
»›Eine Maid, wie keine sonst zu preisen und wenige zu lieben.‹ Pardon, ich bin in die falsche Literaturabteilung gerutscht. Danke für den reizenden Abend«, sagte er und fand die Türklinke mit der gleichen Erleichterung wie ein ertrinkender Schwimmer einen Felsen.
Sie war so ärgerlich, daß sie ihn gehen ließ, und er schaffte es, hinkend und schwankend den Taxistand zu erreichen.
Doch am nächsten Abend kam sie in seine Wohnung in der Curzon Street. Das Pech wollte es, daß Oglethorpe ausgegangen war. Er hatte seinen freien Abend und sang im Äolschor bei einer Aufführung von Haydns *Schöpfung.* Als es klingelte, ging David zur Tür.
Blair stürzte an ihm vorbei und rief voller Verständnis und Mitgefühl: »Du Ärmster! Fühlst du dich elend nach gestern abend? Macht nichts, ich verzeihe dir! Ich habe dir zur Stärkung eine Flasche Wolga-Tau mitgebracht. Mach dir nicht die Mühe, nach einem Korkenzieher zu suchen, setz dich und leg deinen Fuß hoch. Ich bin Meisterin darin, in anderer Leute Küchen etwas zu finden. Keine Lucy da? Ich wußte doch, daß du mich auf den Arm nimmst.«
»Sie ist draußen im Garten«, sagte David schwach.
»Unsinn, Liebling, du bist einfach ein großer, phantastischer Geschichtenerzähler, stimmt's? Na bitte, die kluge kleine Blair hat zwei Gläser und einen Korkenzieher gefunden, also gehn wir über zum gemütlichen Teil.«

David sah sehnsüchtig ins Arbeitszimmer, wo der dritte Akt wartete, aber er wußte nicht, wie er seinen unwillkommenen Gast loswerden sollte; er fragte sich, wie lange es dauern würde, bis Oglethorpe nach Hause käme.
Inzwischen hörte er mit Bestürzung Blair zu. Sie erging sich in einer langen und ausführlichen Erläuterung ihres Charakters und in Hinweisen, wie prächtig er mit Davids Charakter übereinstimme; daß sie dabei unentwegt schelmisch darauf anspielte, wie intim sie nun miteinander seien, erfüllte ihn mit Schrecken und Verwirrung.
Sie hatte ihre Schuhe ausgezogen und hätte, davon war David überzeugt, auch die Haare gelöst, wenn das möglich gewesen wäre.
»Komm, setzen wir uns aufs Sofa«, sagte sie ernsthaft. »Ich möchte mit dir über *Kontakt* sprechen. Für einen Mann in deiner Stellung ist *Kontakt* so wesentlich.«
David überlegte halb betäubt, welche Art von Kontakt sie wohl meine, und dachte daran, daß die Leute ihn ständig über seine Position zu belehren schienen, die sich offenbar erschreckend verschlechterte; er hatte Heimweh nach dem Viadukt.
In diesem Augenblick kamen vom Fenster drei laute Schläge. Blair sprang überrascht auf.
»Wer ist das?« fragte sie.
»Das wird Lucy sein.« Davids Stimme klang sehr erleichtert. »Sie war schwimmen; ich nehme an, jetzt will sie ihre Badematte.«
Er machte das Fenster auf und legte ein dickes, viereckiges, rotes Badetuch vor den Kamin. Lucy schwang sich über das Sims und stolzierte zu der Matte, wo sie sorgsam erst den einen Fuß, dann den anderen abtrocknete. Dabei wandte sie jedoch den Kopf und schaute Blair unverwandt an; im allgemeinen hatte sie einen recht rätselhaften Ausdruck, doch in diesem Augenblick kam es David

vor, als läge etwas ausgesprochen Bösartiges in dem Blick, der auf die Besucherin geheftet war.
Blair spürte es auch. Sie wurde blaß. »Ich – ich mache mir nicht viel aus Schwänen«, sagte sie nervös. »Natürlich ist es *unglaublich* geistreich und originell von dir, einen Schwan als Haustier zu haben – wir müssen ein paar Fotos für *Fancy* kriegen –, aber könnte er nicht in der Küche bleiben oder sonstwo?«
»O nein, Lucy bleibt immer bei mir. Um nichts in der Welt möchte ich ihre Gefühle verletzen.«
»Und *meine* Gefühle?« fragte Blair wütend. »Soll ich hier sitzen und mich von diesem – diesem *Vogel* anstarren lassen?«
»Du mußt natürlich nicht bleiben, wenn du nicht willst«, antwortete David gleichmütig und stellte plötzlich fest, daß er den verlorenen Boden zurückgewonnen hatte. Lucy unterstützte ihn, indem sie langsam mit ausgestrecktem Hals auf Blair zuging und ein leises, aber bedeutungsvolles Zischen ausstieß, das den fluchtartigen Rückzug Blairs bewirkte. Überstürzt und unter Tränen und Vorwürfen hastete Blair davon, und David konnte zum dritten Akt zurückkehren, während Lucy auf der Stuhllehne saß und ihren Hals zufrieden auf seine Schulter legte.
Es zeigte sich immer deutlicher, daß Lucy als Anstandsdame von unschätzbarem Wert war. Bei späteren Anlässen rettete sie David aus ähnlichen Zwangslagen, und einmal ließ sie sich sogar auf eine Auseinandersetzung mit zwei Einbrechern ein, die von der wertvollen Spieluhrensammlung in Versuchung geführt worden waren. Dem einen brach sie ein Bein, den anderen schlug sie mit sauberen rechten und linken Haken ihrer mächtigen Flügel zusammen, bevor David und Oglethorpe auch nur aufgewacht waren. Lucy wurde fast ebenso berühmt wie ihr augenblicklicher Hausgenosse, und sie war mit ihm auf vielen Doppelseiten abgebildet.

Friedlich vergingen zwei Monate. Der Januar jedoch brachte eine strenge Kältewelle mit Heizmaterialknappheit und Zusammenbrüchen des Stromnetzes. David, der durch Jahre einfachen Lebens abgehärtet war, spürte das Wetter kaum, aber Lucy und Oglethorpe litten darunter und erkälteten sich beunruhigend leicht und häufig. Dennoch betreute Oglethorpe David auch weiterhin mit Umsicht, und seine Sorge für Lucy war rührend: Er ließ sie abends und morgens gurgeln – eine Prozedur, die Schwänen keineswegs leichtfällt –, fütterte sie mit Händen voll Vitaminkapseln und half ihr, wenn nötig, dampfendes Terpentin zu inhalieren, wobei er sich zu ihr unter das Handtuch setzte, damit sie sich leichter fügte. Eines Abends, als er meinte, sie sei ein bißchen rot um die Augen, ging er in den Schnee hinaus und kaufte irgendeine Zimttinktur für sie, und das war sein Unglück. Er holte sich eine schwere Erkältung, aus der eine Lungenentzündung wurde, und der Arzt bestand darauf, ihn ins Krankenhaus zu bringen. Er protestierte heftig.

»Machen Sie sich keine Sorgen, *bitte* machen Sie sich keine Sorgen«, beruhigte David ihn. »Ich werde mich um die Wohnung kümmern und dafür sorgen, daß alles immer abgestaubt ist; kümmern Sie sich nur darum, gesund zu werden.«

»Und Miß Lucy – werden Sie auf Miß Lucy achten?« flehte Oglethorpe. »Wenn ihr irgend etwas zustößt, dann weiß ich nicht . . .« Die Stimme brach ihm, und er mußte seinen Kopf auf der Trage abwenden.

»Ich werde alles tun, was Sie getan haben, das schwöre ich«, versicherte David. »Vitamin C, Johannisbeermus, Chinin, Bettflaschen, alles.«

Eine Woche lang ging alles gut. Dann, als das Thermometer auf sechsundzwanzig Grad unter Null sank, ordneten die maßgeblichen Leute im Elektrizitätswerk eine achtundvierzigstündige

Stromsperre an. Die Temperatur in Davids Wohnung sank allmählich auf arktische Verhältnisse herab; Eis glitzerte an den Wänden, das Wasser in der Badewanne gefror (Lucys Schwimmbassin im Garten war längst bis auf den Grund zugefroren). Am ersten Tag schaffte es David, sich und Lucy warm zu halten, indem er Kohlenstaub und Zweige aus dem grünen Park verbrannte und die Wärmflaschen mit Wasser füllte, das er auf einem Gaskocher erhitzt hatte. Am zweiten Abend nieste Lucy zweimal, und David bemerkte, daß sie zitterte. Er gab ihr eine zusätzliche Wärmflasche und wickelte eine Daunendecke um sie, doch sie zitterte immer noch, und er sah sie besorgt und ratlos an. Es war klar, daß sie so nicht die Nacht verbringen konnte.
Die Lösung, auf die er schließlich kam, schien die einzig mögliche zu sein. Er türmte alle Bettdecken in der Wohnung auf sein Bett, legte alle Wärmflaschen hinein, flößte Lucy einen riesigen Schluck Branntwein ein, trank selbst einen, dann packte er sie fest um ihre gefiederte Mitte, kroch ins Bett und schlief ein. Mitten in der Nacht kam ihm undeutlich der Gedanke, daß er das schon früher hätte tun sollen; ihre gemeinsame Wärme und Lucys Federn erzeugten eine fast tropische Temperatur unter den Schichten aus Decken und Federbetten.
Als er am nächsten Morgen erwachte, schaute er auf das Kissen neben sich und erwartete, schwarze glänzende Augen und einen eleganten roten Schnabel zu sehen. Statt dessen entdeckte er zu seinem Entsetzen und Staunen ein unverkennbar weibliches Profil: das einer blonden, schönen Frau, die er, wenn er mehr ferngesehen hätte, als Louise Bonaventure erkannt hätte.
Sie schlug die Augen auf und betrachtete ihn schläfrig.
»Guten Morgen«, sagte sie. »Ich bin Ihre Vermieterin.«
Er preßte die Knöchel an die Stirn. »Wie – wie sind Sie hierhergekommen?« fragte er.

»Das ist eine lange Geschichte.« Louise räkelte sich genüßlich, setzte sich auf und stieg rasch aus dem Bett. »Wie wär's zuerst mit einem Kaffee? Haben wir wieder Strom? Ja, ein Glück. Wie köstlich Kaffee riecht – es muß ein Jahr her sein, seit ich welchen getrunken habe. Oh, Sie wollen wissen, wie ich hierhergekommen bin? Ich war natürlich der Schwan.«

»*Lucy?* Meine Lucy Snowe?«

Miß Bonaventure wurde anständigerweise etwas verlegen. »Ich sollte mich wohl entschuldigen. Verstehen Sie, ich hatte in den Bergen von Izbanistan ein Paar gemeine Schneegänse gefangen, und der Imam erfuhr davon und ärgerte sich darüber. Er sagte, ich hätte dazu kein Recht (lächerlich, sie sind dort drüben kein bißchen selten, so häufig wie die Stare). Aus Rache hat er mir einen Vogel gestohlen, mich von seinem Oberlama, einem sehr erfahrenen Zauberer, in einen Schwan verwandeln lassen und mich statt des Vogels in die Kiste gesteckt. Wenn Oglethorpe nicht gewesen wäre, der sich klugerweise alles zusammengereimt hat, wäre ich wahrscheinlich für den Rest meines Lebens im Londoner Zoo gelandet.«

»Aber was hat den Zauber gebrochen?«

Sie errötete leicht. »Oh, es war die alte Froschköniglösung, wissen Sie; übrigens, ich hoffe, Sie haben sich nicht erkältet.«

»Soll ich Sie heiraten?« fragte David schüchtern. »Fühlen Sie sich – *kompromittiert*?«

Sie warf ihm einen etwas verwirrten Blick zu, doch dann sagte sie nur: »Es bestehen keinerlei Verpflichtungen – außer auf meiner Seite. Ich bin Ihnen wirklich äußerst dankbar, und Sie waren ein *wunderbarer* Mieter.«

»Wollen Sie die Wohnung jetzt wiederhaben?« David war völlig verwirrt und hielt das Gespräch instinktiv auf der geschäftlichen Ebene.

»Nicht sofort.« Miß Bonaventures schöne Augen blitzten. »Zuerst fliege ich nach Izbanistan und hole mir noch eine Gans. Von diesem alten Gauner von einem Imam lasse ich mich nicht hereinlegen. Aber kommen Sie, wir gehen ins Krankenhaus und besuchen Oglethorpe.«

Es war rührend zu sehen, wie beglückt Oglethorpe über die Wiederherstellung seiner Herrin war. Freudentränen standen in seinen Augen. »Ich fühle mich besser, wenn ich Sie nur sehe«, wiederholte er. »Und Sie reisen nicht mehr in diese gefährlichen fremden Länder, nicht wahr, Miß Louise?«

»Nur, um noch eine Schneegans zu holen, lieber Henry. Ich muß ganz einfach ein Paar haben.«

»Dann komme ich mit«, erklärte der alte Mann. Er widersetzte sich allen Einwänden und bestand darauf, daß sie wartete, bis er gesund genug war, sie zu begleiten. Inzwischen zog sie ins Curzon-Hotel, doch sie brachte viel Zeit in der Wohnung zu, wo sie ihre angenehm zwanglose Beziehung zu David pflegte.

Zwei Wochen nachdem die Reisenden ihn verlassen hatten, wurde David plötzlich klar, wie einsam er ohne sie war: kein Oglethorpe, mit dem er abends Duette singen konnte, keine weisen Ratschläge im Hinblick auf Krawatten und Hemden, kein Schutz vor der Welt draußen und, was noch schlimmer war, keine Lucy Snowe. Erst jetzt verstand er, wie sehr er inzwischen ihre kühle und stille Gegenwart brauchte. Ohne sie, stellte er fest, konnte er kaum schreiben.

Er schickte ein Telegramm los, das sie in Bombay erreichen sollte: WILLST DU MICH HEIRATEN?

Sie antwortete: JA NATÜRLICH DUMMKOPF MUSS MIR ABER ZUERST GANS SICHERN ERWARTE MICH HIER BEI RÜCKKEHR AUS IZBANISTAN.

Überglücklich machte David sich auf die Reise. Seine Schreiblust

war zurückgekehrt, und auf dem Schiff konnte er zwei Akte eines neuen Stücks vollenden. Bis er nach Bombay kam, so rechnete er sich aus, hatte Louise ihr Vorhaben ausgeführt, dann stünde ihnen nichts mehr im Wege.
Er machte die Rechnung ohne den Imam von Izbanistan.
Als er im Taj-Mahal-Hotel ankam, war einer der ersten, den er traf, Oglethorpe, der reisemüde und erschöpft wirkte.
»Oglethorpe! Sie sind schon zurück! Ist Miß Louise da?«
»O Mr. David, ich bin so froh, Sie zu sehen. Ja, sie ist da, aber . . .«
»Habt ihr die Gans?«
»Ja, wir haben sie, aber . . .«
»Was ist los? Louise ist doch nicht verletzt?«
»Nein, nein, das nicht, Sir, aber der Imam hat wieder seine magischen Tricks ausgespielt.«
»Hat er sie wieder in einen Schwan verwandelt? Na, inzwischen wissen wir, was man da macht«, sagte David zuversichtlich.
»Ja, nur, diesmal ist es ein bißchen *schlimmer,* Mr. David. Aber am besten kommen Sie und sehen sich das selbst an. Ich bin wirklich erleichtert, daß Sie da sind, ich wußte nicht, wie lange die Hotelleitung das noch zuläßt.«
Er führte David zu Aufzügen und durch Gänge bis zu einer Zimmertür, die zitterte und krachte, als versuchte ein ungeheuer großes Geschöpf sie aufzubrechen.
»Sind Sie wirklich bereit, Mr. David?«
»Natürlich! Machen Sie die Tür auf, Mann!« rief David; er war bleich, aber entschlossen.
Und Oglethorpe öffnete die Tür . . .

»ER«

Das ist die Geschichte meiner Großtante Gisela. Sie erzählte mir, wie sie das Hexen – ich glaube, so könnte man es bezeichnen – von der alten Mrs. Polaner gelernt hat. Und sie gab das, was man dazu wissen muß, an mich weiter. Es geschah bei einem ihrer vielen Versuche, mir das Sticken beizubringen.

Ich kam auf einem Schiff von Polen (sagte meine Großtante Gisela). Das war vor etwa siebzig Jahren – vielleicht ist es auch länger her. Ich erinnere mich nicht mehr genau. Damals war ich zwölf oder dreizehn. Warschau? Ich erinnere mich an viele Turmspitzen – Kirchtürme. Vergoldet. Und an den Duft des Flieders im Park gegenüber unserer Wohnung. Im Frühling machte dieser Duft meine Freundinnen und mich fast verrückt – den ganzen Tag lang rannten wir immer wieder hinüber und drückten unsere Nasen in die großen lavendelfarbenen Blütentrauben. Damals gab es keine Autos – nur Pferdekutschen, und davon nicht viele. Die Straßen waren leer, meist ungepflastert, und rochen nach Pferdedung.

Na gut. Meine Eltern starben, und meine Großmutter sorgte für mich. Und ihre beiden älteren Söhne, meine Onkel Casimir und Jan, die nach Amerika gegangen waren, schrieben ihr, sie solle zu ihnen kommen und mich mitbringen. Jeder hatte sein eigenes Geschäft, einen Tabakladen in White Plains bei New York. Ich freute mich auf White Plains. Schneebedeckt und eben stellte ich es mir vor wie die Gegend bei Byalystok, wo wir Weihnachten immer unsere Verwandten besuchten. Also gaben wir unsere

Wohnung auf, verkauften viele Sachen und gingen weg. Ich mußte mich von meinen Freundinnen verabschieden. Meine Großmutter nahm verschiedenes mit – die beiden hölzernen Mörser und zwei Paar große Kerzenhalter aus Messing und ihren Fleischwolf; und natürlich hatten wir alle unsere Kleider bei uns – zwei große Bündel.

Auf dem Schiff war es schrecklich. Wir waren im Zwischendeck. Es gab zwei große Kabinen, eine für Männer, eine für Frauen, mit Boxen wie für Pferde. Mütter, Säuglinge, Kinder, Geschrei, Gestank. Natürlich gingen wir nicht in die Kabine der Männer; die Geräusche und Gerüche, die von dort herausdrangen, waren noch schlimmer als bei uns.

Großmutter und ich teilten eine Box mit Mrs. Polaner, einer alten Frau, die aus einem Dorf im Landesinneren kam. Sie hatte ein strenges braunes Gesicht wie eine Mandelschale, und ihr Haar – es war dicht, weiß und schön – hatte sie zu einem dicken Knoten aufgesteckt. Wie Großmutter trug sie viele Kleider, eine Schicht über der anderen, so daß sie noch größer und umfänglicher aussah, als sie eigentlich war, und nur langsam auf dem Schiff umhergehen konnte.

Es gab sowieso keinen Platz, wo man hätte hingehen können; uns Zwischendeckpassagieren stand nur ein winziger Fleck auf dem Deck zur Verfügung. Und wenn man nicht die halbe Nacht wach saß, um sich einen halben Quadratmeter dort zu reservieren, war um sieben Uhr früh alles besetzt. Die Leute drängten sich verzweifelt aus dem Gestank und Gelärme unten an die frische Luft.

Zum Glück kann ich sagen, daß wir eine ruhige Überfahrt hatten. Wie wäre es erst gewesen, wenn sich ein Sturm erhoben hätte! Doch auf der ganzen Reise – und sie schien Woche um Woche zu dauern – war der Himmel blau von morgens bis abends. Und wenn es dunkel geworden war, leuchtete ein großer Mond – ein Erntemond, ein Jägermond. Mrs. Polaner sagte oft, wenn sie ihn sehe, bekomme sie Heimweh nach ihrem Dorf Prznov fern in der weiten Ebene.

»Es ist kaum zu glauben, daß dieser Mond auch über Prznov steht«, sagte sie dann seufzend.

Meine Großmutter schlief nie viel; ihr machte es überhaupt nichts aus, die ganze Nacht aufzubleiben, also saß sie in Schals und Jacken gehüllt an Deck und hielt einen Platz für mich und Mrs. Polaner frei; wir gingen hinauf, wenn wir unseren Haferbrei gegessen hatten, und Großmutter ging hinunter zu ihrem Frühstück. Das ärgerte die anderen Passagiere, aber immerhin war es unser gutes Recht, oder etwa nicht? Der Platz war für uns freigehalten worden. Doch es gab deshalb keine Probleme, bis wir nach Galway kamen. Unser Schiff fuhr an der irischen Westküste entlang zu diesem Hafen und ließ weitere Passagiere an Bord – irische Emigranten, die nach Amerika wollten.

Na gut. Wir hatten gedacht, daß wir schon arm und elend genug wären. Aber wir waren wie Millionäre, wir waren wie Antoinette und ihr Hof im Vergleich zu diesen wilden Iren. Barfuß kamen sie an Bord und spähten um sich wie Dschungeltiere, die vom Jäger zusammengetrieben worden sind. Sie trugen Lumpen oder weniger als das, ihre Köpfe waren von Zotteln bedeckt, sie hatten keine Habe, und viele redeten in einer Sprache, die niemand verstehen konnte. Sie *rochen* sogar wild und merkwürdig – nach Rauch und Torf und Moorwasser und Dung. Ihre Augen waren blau und unstet – wie Fetzen vom Himmel schweiften sie ohne festen Blick.

Auf der Fahrt zwischen Danzig und Galway war in den Zwischendeckkabinen eine Art primitiver Ordnung entstanden; die Passagiere kannten ihren eigenen kleinen Bereich und blieben darin.

Und morgens und abends, wenn wir mit unseren Schüsseln nach heißem Wasser und Essen anstanden, war allen klar, daß jeder an seinem Platz zu warten hatte, bis er an die Reihe kam.
Aber die Iren zerstörten all das rasch; sie waren gewöhnt, um alles zu kämpfen, sie konnten einfach nicht begreifen, daß es auch andere Methoden geben könnte. Die Frauen drängten sich mit Fäusten und Ellbogen vor und wollten überall die ersten sein; und die Männer waren die meiste Zeit betrunken von geheimnisvollen Getränken, die sie in seltsamen Flaschen mitgebracht hatten – sie schrien und sangen, tanzten und rauften vom Morgengrauen bis zur Abenddämmerung. Außerdem waren sie alle schmutzig; sie brachten Läuse, Flöhe und Dreck mit an Bord, und nach einem halben Tag juckten und kratzten wir uns alle. Auf so engem Raum, mit so wenig Seife und Waschwasser war nichts dagegen zu tun. Das war das schlimmste. Es war entsetzlich, sich schmutzig, grindig und verlaust zu fühlen, während draußen immer noch das stille blaue Meer so sauber und riesig vorbeiglitt und der große weiße Mond so leuchtend und rein am Himmel stand.
Na gut. Bevor die Iren an Bord gekommen waren, hatte Mrs. Polaner auf unserem Sonnenflecken auf Deck den ganzen Tag lang mit mir geredet. Wovon sie sprach? Ich weiß es kaum mehr. Sie war eine Frau vom Land – sie kannte sich aus mit ländlichen Dingen. Sie hatte ihre eigene Weisheit. Ihre Worte waren wie das Wetter – sie schienen von anderswo herzukommen, wie der Wind, wie die Wellen. Sie sagte nie etwas wie »Ich mag Fisch«, »Ich hatte mal ein blaues Kleid«, »Mein Mann war nicht gut zu mir«; was sie zu sagen hatte, kam aus der Ferne, es wurde ihr zugeblasen oder von der Zeit gebracht.
Nachdem die Iren gekommen waren, hatten wir auf Deck keine Ruhe mehr. Den ganzen Tag lang wurde über unseren kleinen Fleck gestritten. Und außerdem fühlte sich Mrs. Polaner nicht

wohl. Das war so gekommen: Unter den irischen Passagieren war auch eine Anzahl Jungen, und viele von ihnen hatten etwas mitgebracht, was sie ihre Schleuderstöcke nannten. Es waren gebogene Stöcke, mit denen man ein Ballspiel machen konnte, ähnlich wie Hockey, aber natürlich war an Bord dafür kein Platz, und die Stöcke waren nur eine Plage. Die Jungen nahmen sie mit an Deck und schlugen einander damit, die Stöcke fielen auf den Boden und lagen zwischen aufgerollten Seilen und gefährdeten alle, weil sie einem unter dem Fuß davonrutschten und einen zum Fallen brachten. Die Jungen fochten endlose Kämpfe miteinander aus und schlugen sich wie wahnsinnig auf die Köpfe und Beine.

Ein großer, rothaariger, böser Junge war der Anführer einer ihrer Banden, und eines Tages, als ich mit Mrs. Polaner oben auf Deck war, lief er bei der Jagd nach einem anderen Jungen in unsere Richtung, und als er zu einem Schlag nach seinem Gegner ausholte, traf er Mrs. Polaner so heftig am Bein, daß sie vor Schmerz weiß wurde.

Der Heidenkerl hatte kein Wort der Entschuldigung für sie, er rannte weiter und schrie: »He, ho, komm her, daß ich dir die Leber aus dem Leib schlage und dir die Lebenslichter ausblase!« Er warf noch nicht einmal einen Blick zurück, um zu sehen, was er angerichtet hatte.

Nach diesem Tag war Mrs. Polaner nie mehr wie zuvor. Die Prellung heilte nicht, wie sie sollte; ihr Bein schwoll, nahm eine erschreckende violette Farbe an und war so empfindlich, daß sie sich schon auf die Lippen biß und aufschrie, wenn man ihr nur ein Stück Baumwollstoff darauflegte. Sie konnte nicht mehr aufs Deck hinaufgehen – jede Bewegung verursachte ihr entsetzliche Schmerzen –, deshalb blieben meine Großmutter und ich abwechselnd unten bei ihr. Und sie weigerte sich zu essen – sie rührte nichts mehr an außer Milch.

»Nein, Kind, ich darf nichts essen«, sagte sie so entschlossen, daß es schwierig war, mit ihr zu streiten. Eigentlich unmöglich. Es schien, als hätte nicht *sie* sich so entschieden – es war für sie entschieden worden, als wenn ein Sproß aus der Erde gekommen oder ein Zweig von einem Baum gebrochen wäre.

Bald hatte sie Fieberphantasien. Sie lag auf ihrer Pritsche und wälzte sich ruhelos hin und her wie ein Tier, wobei sie ständig von Eulen und dem Mond und Nachtigallen schwatzte und mich bat, nicht zu vergessen, die Gänse zu füttern, die schwarzen Johannisbeeren zu pflücken, das Grünzeug fürs Geflügel hereinzubringen, Wasser für die Wäsche zu holen, Dorngestrüpp in die Lücke zu stopfen, damit die Schweine nicht hinauskonnten, und denk dran, dich zu bekreuzigen, wenn du den Neumond siehst, häng die erste Weizenähre an die große Eiche im Wald, hol Onkel Anatol, er soll den Hasen schießen, der mitten im Rübenbeet sitzt, leg die Männerhemden zum Bleichen aufs Gras, trag einen Käse und einen Krug voll Wasser zu den Heuern auf die ferne Wiese, mach einen Knicks und küß deine Hand, wenn du einen Regenbogen siehst, wirf eine Handvoll Salz in die Quelle als Geschenk für die Wasserfee und bitte sie, die Quelle im Winter nicht zufrieren und im Sommer nicht eintrocknen zu lassen, achte auf die Schwalben, die bald zurückkehren, und leg einen Laib Brot hinaus, damit sie gutes Wetter auf ihren Flügeln zu uns tragen . . . und so fort.

Während ich bei ihr saß und ihr zu trinken gab, konnte ich fast vergessen, wo ich war – ich bemerkte kaum das Dröhnen des Schiffes, die Rufe der Mütter, das Weinen der Kinder, die Hitze und den abscheulichen Gestank – ich war in einer Welt riesiger Weizenfelder und kleiner strohgedeckter Häuser, großer stiller Eichenwälder und breiter Flüsse.

Meine Großmutter wollte den Schiffsarzt holen, doch Mrs. Polaner erlaubte es nicht.

»Laßt mich zuerst in mein schwarzes Kästchen schauen«, sagte sie. (Das war während eines klaren Momentes, als sie nicht phantasierte.)
»Kästchen, was für ein Kästchen?« fragte meine Großmutter.
»Bringt mir mein Bündel«, bat Mrs. Polaner. Sie war zu schwach, um es selbst aufzumachen. Doch meine Großmutter und ich wickelten die Schals und Unterröcke auseinander, und direkt in der Mitte, in gelbes Leinen eingeschlagen, fanden wir ein kleines, abgegriffenes schwarzes Holzkästchen wie eine Schnupftabaksdose, nicht so groß wie meine geballte Faust.
Mrs. Polaner sagte: »Mein Großvater war einst im Dienst eines Edelmannes, des Grafen Mieszo-Zbigniew. Einmal hat er dem Grafen das Leben gerettet, als ein wilder Eber ihn im Wald verfolgte. Zum Lohn gab der Graf ihm dieses Kästchen, das einer seiner Vorfahren aus dem Heiligen Land mitgebracht hatte. Es war aus dem Holz eines Baumes gemacht, der am Heiligen Meer wuchs; vor langer Zeit, vor Hunderten und Aberhunderten von Jahren, war Sand von diesem Meer darin. Der Sand ist längst herausgerieselt . . . aber man kann mit dem Finger noch den Staub spüren, und wenn man eine Zeitlang ins Kästchen schaut, kann man sehen, wie der Sand sich bewegt.«
»Ich seh keinen Sand«, sagte meine Großmutter, die das Kästchen geöffnet hatte. Doch Mrs. Polaner nahm es und schaute hinein.
»Ich brauche keinen Arzt«, sagte sie nach einer Weile leise. »Er könnte mir nicht helfen; ich muß sterben.«
Das machte meine Großmutter sehr zornig. Mrs. Polaner war ihre Freundin, ihre einzige Freundin auf dem Schiff. Sie hatte nicht vor, sie so ohne weiteres zu verlieren. Sie sagte, es sei sündig, zu sterben, wenn man gerettet werden könne.
»Ich kann nicht gerettet werden«, sagte Mrs. Polaner. »Der Doktor würde seine Zeit verschwenden, wenn er käme.«

Doch meine Großmutter ließ das nicht gelten und verständigte den Arzt. Er mußte sich um so viele kranke Leute kümmern, daß er uns zwei Tage warten ließ; inzwischen wurde Mrs. Polaners Gesicht sehr schmal, ihr Mund sank zwischen tiefe Furchen ein, und ihre braune Haut wurde bläulichweiß.

Als der Arzt endlich kam und sie betrachtete, sah er ziemlich hoffnungslos aus. Er sagte, sie brauche Milch und frische Luft, und er befahl, daß auf Deck eine Hängematte für sie angebracht werden sollte.

Das geschah; und meine Großmutter und ich saßen bei der Kranken und gingen abwechselnd zur Kombüse und holten ihre Milch. Die nahm sie zu sich, und offenbar schmeckte sie ihr: »Ah«, sagte sie einmal nachdenklich, als sie davon trank, »die ist von Jadwiga, das schmecke ich immer heraus; sie ist die beste Kuh in der Herde.«

Nun, einmal, als ich ihr eine Tasse Milch brachte, rannte derselbe große rothaarige Bengel an mir vorbei, wie gewöhnlich hinter einem seiner Freunde her, und stieß an meinen Arm, so daß ich die Hälfte verschüttete.

»Gib acht, wohin du läufst, du heidnisches Ungeheuer!« rief ich ihm nach, und da drehte er sich um und sah mich zornig von oben bis unten an, kam zurück und packte mich am Zopf. Damals waren meine Haare gelb, und ich hielt sie mit einer Holzspange zusammen, die mein Onkel Boleslaw mir geschnitzt hatte. Der irische Junge zog sie heraus und warf sie über Bord; dann lief er mit lautem, blödem Gelächter seinem Freund nach.

Ich war so verstört und wütend, daß meine Hände zitterten, als ich Mrs. Polaner die Milch brachte, und noch mehr verschüttete.

Sie warf sich hin und her und murmelte etwas von einem Eibenwald, einem großen Wald, durch den noch der Büffel streift. Doch als ich ihre Hände um die warme Tasse legte, kam sie aus dieser

Ferne zurück und sagte: »Was ist los, Kleine? Warum sind deine Backen so rot, Gisela, und deine Augen so zornig?«
»Dieser Junge – dieser Junge, der Sie geschlagen hat«, murmelte ich. »Dem würd ich am liebsten – dem soll es leid tun – am liebsten würde ich den mit einem kaputten Bein an Deck liegen sehen.«
»Oh, das wäre möglich, du könntest es tun«, sagte Mrs. Polaner. »Doch was nützt es? Das Kästchen kann solche Dinge tun, aber Macht sollte man anders gebrauchen. Bäume bekämpfen einander nicht. Ein Fluß fließt nicht ins Bett eines anderen. Die Berge marschieren nicht in die Ebene. Laß ihn in Ruhe, er ist nur ein dummer Junge.«
Aber ich wollte wissen, was sie meinte.
»Das *Kästchen* könnte es tun, Mrs. Polaner? Erklären Sie mir das bitte? Wie könnte das Kästchen es tun?«
»Schreib auf ein Stück Papier . . .«
»Schreiben? Was schreiben?«
»Den Namen – den Namen des Menschen – lege es in das Kästchen . . .« Mrs. Polaner war benommen, sie versank wieder in ihre Fieberträume; bald danach rief sie: »Die Fichten, schau, sie sind voller Efeu, wir müssen den Efeu von den Fichten reißen«, und sie versuchte aus ihrer Hängematte zu klettern. Ihr Kopf war so heiß, daß er sich wie glühende Kohle anfühlte, und wir mußten sie festhalten.
In dieser Nacht starb sie. Bevor sie verschied, war sie klar und ruhig, sie sah meine Großmutter an und sagte: »Es tut mir leid, dich zu verlassen, Magda, meine Freundin, aber ich glaube nicht, daß ich gern in einer Stadt gelebt hätte. Ich gehe zurück in die Wälder, dort gefällt es mir am besten. Du kannst mein Bündel behalten, sorge nur dafür, daß die Frau meines Sohnes die Bernsteinkette bekommt, aber meine Unterröcke wird sie nicht haben wollen, davon bin ich überzeugt.« Zu mir sagte sie: »Das

schwarze Kästchen ist für dich, Kleine, aber benutze es mit Verstand; wenn man einmal ein Feuer angezündet hat, ist es nicht leicht, es zu löschen.«

Dann schloß sie die Augen und verließ uns.

Als die Schiffskrankenschwester kam und meiner Großmutter half, Mrs. Polaner hinunterzutragen und ihr die letzten Dienste zu erweisen, schlüpfte ich mit dem schwarzen Kästchen hinaus und ging wieder an Deck. Ich wußte nicht, wie der rothaarige Junge hieß, also nahm ich ein Stück Papier und schrieb einfach *Er* darauf. Ich dachte, das Kästchen wüßte schon, was es zu tun hätte; unnötig, es ihm zu sagen. Und es wußte es tatsächlich. Schon am nächsten Tag stolperte mein Rotkopf über einen Schleuderstock eines anderen Jungen und stürzte. Als er aufstehen wollte, stöhnte er und fiel wieder zurück; ich sah aus einiger Entfernung zu. Der Arzt wurde geholt, und der sagte ihm, das Bein sei gebrochen. Wie ich gelacht habe – oder besser, wie ich es versuchte! In Wirklichkeit war ich zu traurig wegen Mrs. Polaner und empfand nur ein bitteres, böses Vergnügen über seine Strafe. Der Arzt steckte das Bein bis zum Knöchel in einen großen weißen Gipsverband, und ich sah mit einer gewissen Genugtuung die Ungeduld und den Zorn des Jungen, wenn er ungeschickt vorbeihinkte und seinen Schleuderstock als Krücke benutzte.

Am liebsten wäre ich zu ihm gegangen und hätte gesagt: »*Ich* habe dir das angetan, *ich* war es!«, aber dazu fehlte mir der Mut. Er war so groß und kräftig, selbst jetzt, trotz seines gebrochenen Beines; er sah immer noch gefährlich aus. Zudem hätte er mir nicht geglaubt.

Nach ein bis zwei Tagen veränderte er sich jedoch. Er fing an zu klagen, daß sein Bein unter dem Gips entsetzlich jucke. »Das kommt davon, daß der Gips an den Härchen auf deiner Haut hängenbleibt«, sagte der Arzt. »Mach nicht so ein Theater – jeder,

der einen Gips hat, muß das ertragen. Du mußt es eben aushalten.«
Dennoch fluchte und schrie der Junge – seinen Namen habe ich nie erfahren –, er sagte, die Qual sei schlimmer, als sich am Feuer zu verbrennen, schlimmer, als wenn man die Haut abgezogen bekäme, er könne den Schmerz nicht aushalten, es sei nicht zu ertragen.
Aha, dachte ich, jetzt tut das Kästchen wirklich seine Arbeit, jetzt fängst du an zu verstehen, was du Mrs. Polaner in deiner dummen Unachtsamkeit angetan hast. Und ich weidete mich daran, wie er umherhinkte und wie rasend außen am Gips kratzte, als ob das gegen das Jucken innen helfen könnte.
Ein oder zwei Tage später wurde er an Deck nicht mehr gesehen; er lag in der Männerkabine, und manchmal konnten wir ihn schreien hören. Das war ein schrecklicher Laut, kaum menschlich, eher wie von einem Tier in Todesangst. Da tat mir leid, was ich angerichtet hatte, und ich nahm den Zettel aus dem Kästchen und warf ihn ins Meer.
Doch ich hatte ihn zu lange drin gelassen, der Junge starb. Wir hörten, daß der Arzt in seiner Ratlosigkeit über den Todesfall den Gips entfernen ließ. Da wurde festgestellt, daß das Bein von Wanzen fast bis zum Knochen weggefressen worden war; das hatte den Schmerz verursacht.
Zwei Tage darauf kamen wir nach Ellis Island, wo alle Einwanderer an Land gingen; und als wir beim Einwanderungsamt fertig waren, warteten meine Onkel Casimir und Jan auf uns.
Ich hatte immer noch das Kästchen. Seine Macht hatte mich so geängstigt, daß ich es nach dem Tod des Jungen ins Meer werfen wollte; ich verstand nun, was Mrs. Polaner gemeint hatte, als sie sagte: »Macht sollte man anders gebrauchen.« Doch dann fürchtete ich, es könnte böse mit mir werden, wenn ich es ins Meer

würfe, und mir vielleicht Schaden zufügen; also behielt ich es. Aber ich habe es nie mehr benutzt.

Das war die Geschichte meiner Großtante Gisela, die sie mir erzählte, während wir einen Kissenbezug bestickten. Sie hatte nie geheiratet, sondern war Haushälterin bei einem polnischen Priester geworden und hatte ihr Leben lang in Boston gelebt.

Als sie auf dem Totenbett lag, rief sie immer wieder: »Bitte ihn, mir zu vergeben! Bitte ihn doch, bitte ihn darum! Dort steht er, dort ist er. Was *er* getan hat, geschah durch Zufall, aber was ich getan habe, geschah mit Absicht. Sag ihm, daß es mir leid tut!«

»Wem soll ich es sagen, Tante Gisela?« fragte meine Mutter, die bei ihr war. »Wer steht dort?«

»Er!« rief Tante Gisela. *»Er!«*

Dann starb sie.

Jetzt habe ich das Kästchen.

DER SEWANEE-DREHER

Die alte Miß Norah Murphy bürstete mit langsamen Strichen ihr dünnes weißes Haar. Sie stand dabei am Fenster und schaute hinaus in den verwilderten Park, wo die Hälfte der Bäume starb. Es war ein strahlender Herbsttag, vom versilberten Gras stieg rasch Dunst auf. In der Ferne hinter den Bäumen leuchteten die blassen, mondähnlichen Burren-Berge wie geschälte hartgekochte Eier, dachte Miß Norah, während sie weiterbürstete, und langsam begann sie zu überlegen, wie sie zum Mittagessen ein hartgekochtes Ei oder vielleicht auch zwei bekommen könnte. Sie wußte im voraus, daß ihre Schwester Maud murren und Einwände erheben würde: »Das Schlimmste, was du deiner Verdauung antun kannst! Ein Apfel und eine rohe Karotte würden dir besser bekommen – und eine Walnuß oder zwei.« Maud war Vegetarierin und aß nichts, was von irgendeinem Tier kam. Eigentlich war das nur ein Ausdruck ihrer angeborenen Rechthaberei, fand ihre jüngere Schwester.

Einer der Bäume, die noch gesund waren, ein großer schöner Nußbaum, färbte sich langsam von stumpfem Grün zu blassem Gelb; hier und da flatterte ein zitronenfarbenes Blatt herunter. Und die Nüsse in den aufgerissenen grünen Hüllen schlugen dumpf auf den Boden wie Golfbälle. Wir sollten heute hinausgehen und sie aufsammeln, dachte Miß Norah, sonst holen die Eichhörnchen sie. Maud würde dazu keine Lust haben. Man sollte meinen, sie sähe ein, daß es notwendig ist, wo sie noch dazu Walnüsse so gern mag. Ich weiß wirklich nicht, was neuerdings in

sie gefahren ist. Man könnte denken, das sei hier ein ummauertes Nonnenkloster, wenn man sieht, wie sie den lieben langen Tag im Zimmer sitzt und sich aufführt wie der Kaiser Tiberius, wenn ich auch nur einen Fuß vor die Tür setze.
Zwei Eichhörnchen rannten unter dem Baum von einer Nuß zur nächsten, erstarrten alle zwei Sekunden mit den Anzeichen höchsten Erschreckens und liefen dann weiter; die Nüsse waren fast zu groß für ihre Pfoten, manche mußten sie über den Boden rollen. Miß Norah bemerkte, daß sie ihre Beute in einem Loch am Fuß des Baumes versteckten. Sie nehmen mir die halbe Arbeit ab, dachte sie, ich kann die Nüsse einfach dort herausholen, das heißt, falls Maud mich je ins Freie läßt! Und dann dachte sie, daß es eigentlich schade sei, daß die Eichhörnchen für nichts und wieder nichts arbeiteten; sie würden entsetzt sein, wenn sie zurückkamen und feststellten, daß ihr Wintervorrat verschwunden war. Aber irgend jemand hatte behauptet, Eichhörnchen hätten ein sehr schlechtes Gedächtnis; die halbe Zeit vergaßen sie, wo sie ihre Nüsse versteckt hatten, oder die Vorräte wurden zufällig von einem anderen Eichhörnchen gefunden.
Mit einem Blick auf die große schwarze Uhr auf dem Mahagonischreibtisch schaltete Miß Norah ihr Radio ein und drehte die Lautstärke herunter. Das Radio hatte die alte Biddy ihr heimlich verschafft im Austausch für einen mottenzerfressenen Herrenpelzmantel. Maud wußte nichts davon, und wenn sie das Radio entdeckte oder herausfände, daß der Pelzmantel fehlte, wäre die Hölle los. Maud hielt Radios für die Stimme des Bösen.
». . . Acht-Uhr-Nachrichten«, sagte der Sprecher. »Der Streik der französischen Flugsicherungsbeamten ist jetzt in seiner . . . Ein Erdbeben in Jugoslawien hat Tausende . . . Ein zwei Meilen langer Ölteppich treibt . . . Ein britischer Minister wird beschuldigt . . . Ein neuer russischer Raumsatellit soll . . . Ein Nobel-

preisträger stürzte von . . . Ein Lastwagen, den Unbekannte aus einem Park in Dublin gestohlen haben, wird dringend von der Polizei gesucht. Der Lastwagen ist mit vergifteten Walnüssen beladen, die zur Vertilgung von Eichhörnchen in den Parks bestimmt waren; die Nüsse könnten äußerst gefährlich sein, wenn sie in falsche Hände geraten. Der Lastwagen hat das amtliche Kennzeichen . . . Wer ihn gesehen hat oder Auskunft über seinen Standort geben kann, wird gebeten, sich mit der Polizei in Dublin in Verbindung zu setzen . . . Und jetzt das Wetter: nach Auflösung örtlicher Frühnebel sonnig und warm.«

Eine Schande, die armen Eichhörnchen zu vergiften, dachte Miß Norah, schaltete das Radio aus und drehte ihr Haar zu einem Knoten, den sie mit einer Elfenbeinspange befestigte. Eichhörnchen richten viel weniger Schaden an als Menschen. Sie nehmen ein paar Nüsse, die armen dummen Tiere. Während Menschen einander entführen, Ölteppiche ins Meer laufen lassen, diese Dinger ohne genaue Kontrolle in den Weltraum schießen, Passagiere in Flughäfen warten lassen und meistens einfach gemein zueinander sind. Eichhörnchen sind mir lieber.

Nachdem sie die Decken nachlässig über ihr Bett geworfen hatte, ging sie aus dem Zimmer, die alte, flache Treppe hinunter durch die fliesenbelegte Halle und in die Küche, wo ihre Schwester Maud bereits Tee trank und Knäckebrot aß. Jede der beiden Schwestern hatte ein eigenes Schlafzimmer, tagsüber hielten sie sich in der Küche auf; die übrigen Räume des großen Hauses, das halb ein Herrensitz, halb ein Bauernhof war, blieben unbenutzt. Sie waren mit schönen Möbeln vollgestellt, die durch die Feuchtigkeit langsam verschimmelten. Das Haus wurde Schloß Dore genannt. Zwei- oder dreimal in der Woche kam aus dem fünf Meilen entfernten Dorf eine alte Frau, Biddy, um den Schwestern zu helfen, aber sie war fast so gebrechlich wie Maud und Norah und hatte gesagt, wenn sie noch mal vom Fahrrad fiele, müßte sie zu Hause bleiben. Jedenfalls tat sie nicht viel mehr als die Leintücher waschen und Brot backen.

Miß Maud war dünn, knochig und verkniffen, während Miß Norah rundlich und faltig war und unentschieden in die Welt schaute. Mauds Augen brannten fanatisch, und ihre Mundwinkel bogen sich nach unten. Eigentlich hieß sie Gräfin Sweeney, ob man das glaubt oder nicht, denn vor vielen Jahren hatte sie den Grafen Dermot Sweeney geheiratet. Graf Dermot war damals siebzig gewesen und Maud zwanzig; alle feinen Leute der Gegend sagten, es sei eine skandalöse Verbindung, denn sie war Küchenmädchen auf Schloß Dore, das der Graf gekauft hatte, nachdem er als reicher Mann von Hollywood nach Irland zurückgekommen war. Sein Vermögen stammte hauptsächlich von einem Tanz, den er erfunden hatte, dem Sewanee-Dreher, doch die Leute in Irland nannten ihn den Sweeney-Dreher. Dabei preßte man die Ellbogen an den Körper, spreizte die Finger, wackelte mit den Handgelenken und hüpfte hüfteschwingend über die Tanzfläche. Oh, es war ein recht ordinärer Tanz, kein nettes Mädchen wollte dabei ertappt werden. Viele weniger nette mochten ihn jedoch, und in Amerika breitete er sich aus wie ein Waldbrand. Dadurch wurde Dermot Sweeney ein reicher Mann, und später wurde er zu einem Grafen des Heiligen Römischen Reiches ernannt, was viele Leute für unverdient hielten, obwohl es stimmt, daß er viele ernste Lieder geschrieben hatte. Zum Beispiel *Im Grund des tiefen Herzens* und *Una von Kildoon, Mary von Clare* und *Meine kleine Erin Lily*, Lieder, die allgemein beliebt waren und bewundert wurden. Selbst jetzt kam durch sie noch manchmal Geld ins Haus, mehr jedoch durch den Sweeney-Dreher, der immer noch in Vereinen getanzt wurde, die sich auf Tänze aus alter Zeit spezialisiert hatten.

Natürlich waren die Schwestern froh über das Geld, so wenig es auch sein mochte, denn Schloß Dore war ein Haus, das schreckliche Instandhaltungskosten verursachte. Das Dach war undicht, die Türen verzogen sich, eins kam zum anderen. Und Maud weigerte sich, umzuziehen. Sie sagte, es wäre pietätlos. Ihr wäre es am liebsten gewesen, wenn man den Sweeney-Dreher vergessen hätte. Keiner der Nachbarn besuchte sie, keiner der feinen Leute aus den großen Häusern, die damals, als Dermot noch lebte, mit Freuden seine Spenden für ihre Krankenhäuser und Wohltätigkeitsunternehmen annahmen. Er und sein Tanz waren zu vulgär, als daß man sich heute anders als mit Abscheu daran erinnerte. Norah und Maud hatten deshalb keine Gesellschaft außer der eigenen; schon vor langer Zeit hatten sie ihren Brüdern die Überfahrt nach Amerika bezahlt. Manchmal kam eine Postkarte aus Houston oder St. Louis, und Weihnachten brachte der Briefträger Schachteln mit Nußmischungen.

»Ein herrlicher Tag«, sagte Miß Norah und goß sich eine Tasse schwarzen heißen Tee ein. Eine schillernde Schicht schwamm darauf wie auf einem Teich. Sie bestrich ein Stückchen Brot mit Butter und setzte sich an den unaufgeräumten Küchentisch, auf dem Zeitungen, Taschenlampen, Kohlköpfe, Mausefallen, Fliegenpapier, Schnur, Zwiebeln, eine Bibel, ein Rosenkranz und Körbe mit Kartoffeln lagen.

»Ein herrlicher Tag zum Brombeerpflücken.«

Listig dachte Miß Norah, sie könnte das Gespräch auf Umwegen auf die Walnüsse bringen.

»Keine Zeit zum Herumtreiben«, sagte Miß Maud mißgelaunt. »Du bist mit deinem Vorhang weit hinterher. Sobald du dieses Stück Brot gegessen hast, mußt du dich daransetzen.«

»Sag bloß, Maud, warum sollen wir denn immerzu an diesen alten Vorhängen herumnähen, kannst du mir das erklären?«

»Aus Achtung für den Toten.«
»Und warum sollten wir ihn achten, wenn er uns nie geachtet hat? Und wenn es auch sonst keiner tut?«
»Halt deine Zunge im Zaum, Norah! Vielleicht hört er dich in genau dieser Minute!« Und wenn, dann hoffe ich, daß ihm die Ohren brennen, dachte Miß Norah aufmüpfig, aber sie behielt es für sich und setzte sich hinterher mit ihrer Schwester mürrisch, aber gehorsam an einen kleineren Tisch, den sie in die große Küche getragen hatten. Hier arbeiteten sie Tag für Tag an der endlosen Aufgabe, die alten Brokatvorhänge im Haus auszubessern und den zerschlissenen, reißenden Stoff mit Hunderten Reihen winziger Parallelstiche zusammenzuhalten.
Während sie nähten, redete Miß Maud über ihre undankbaren Brüder, die sich für zu fein hielten, um die Schwestern auf Schloß Dore zu besuchen oder ihnen auch nur einen guten Tag zu wünschen. »Denen wird das Lachen vergehen, wenn wir tot sind und sie feststellen, daß wir Schloß Dore zu einem Irrenhaus bestimmt haben.«
»Ich hoffe bloß, den armen Irren gefällt es hier«, bemerkte Miß Norah zweifelnd und biß einen Faden ab.
In den vierzig Jahren, die sie nun auf Schloß Dore gelebt hatte, war sie zu der Erkenntnis gekommen, daß es ein trübseliger Ort war.
Zwei Stunden später sagte sie ganz plötzlich (sie hatte aber Wochen gebraucht, um den Mut dafür aufzubringen):
»Maud, könnten wir nicht ein bißchen Musik hören und uns damit die langen, ermüdenden Nähstunden verschönern?«
Maud starrte sie an.
»*Musik?* Bist du verrückt geworden, Weib? – Was meinst du damit, Musik?«
»Ich dachte nur – wir könnten eine seiner Platten auf das Ge-

rät legen. Bestimmt würde es ihm nichts ausmachen! Vielleicht würde er sich sogar darüber freuen, daß uns das eingefallen ist.«
Sie machte eine Kopfbewegung zu dem riesigen Eßzimmer hinter der Tür, wo auf einem massiven Mahagonibüfett, das jetzt blau war vor Feuchtigkeit, ein ebenso massives altes Grammophon in einem Holzkasten stand. Es hatte einen Drehgriff und einen Deckel, der mit Scharnieren befestigt war. Der Deckel war geöffnet, und man sah einen trichterförmigen Lautsprecher; doch das Grammophon war seit Jahren nicht benutzt worden; der rote Samt des Plattentellers war grau vom Staub. Ein Stapel in Packpapier eingeschlagene Platten lag neben dem Gerät.
Maud wurde ganz weiß. Ihre Augen funkelten.
»Du bist wohl wahnsinnig, Norah? Wie kannt du es *wagen*, auch nur daran zu denken! Laß mich das nie wieder hören!«
»Warum?« fragte Norah widerspenstig.
»Warum! Weil es am besten ist, an diese heidnische Musik gar nicht zu denken!«
Norah erinnerte sie nicht daran, daß die spärlichen Einkünfte aus der heidnischen Musik Kartoffeln und Kohl und Mehl und den Faden bezahlten, mit dem sie die Vorhänge flickten. Sehnsüchtig sagte sie: »Biddy hat mir erzählt, daß sie neuerdings in Dublin diese Melodien wieder spielen und danach tanzen; sie tanzen sogar wieder den Sweeney-Dreher!«
»Und was will Biddy über Dublin wissen – wo sie ihr Leben lang keinen Fuß auf Dublins Straßen gesetzt hat?«
Miß Maud war einmal über Nacht in Dublin gewesen; damals hatte sie einen Rechtsanwalt aufgesucht wegen dem Testament des Grafen, der viel Geld hinterlassen hatte. Aber das war, wie sich dann herausstellte, bereits ausgegeben; Miß Norah war noch

nie dort gewesen. Sie antwortete sanftmütig: »Biddy hat es im Radio gehört.«
»Radio! Noch eine Erfindung des Teufels! Sei jetzt still, ich bitte dich, und laß mich in Frieden weiterarbeiten.«
Der Morgen ging vorbei und der Nachmittag.
Endlich streckte Miß Norah ihren steifen Rücken, sah nach dem Wassereimer und sagte:
»Ich fürchte, Biddy kommt heute nicht. Letztes Mal hat sie gesagt, wenn sie vom Rad fällt, weiß sie nicht, ob sie noch mal kommen kann. Soll ich nicht noch einen Eimer Wasser aus dem Brunnen holen, Maud?«
Seit achtzehn Monaten funktionierte die Wasserleitung in Schloß Dore nicht mehr; Mikey Meagher, der Klempner, hatte versprochen zu kommen, aber er war ein vielbeschäftigter Mann; bis jetzt hatte er noch keine Zeit gehabt.
»Ach, meinetwegen«, sagte Maud unfreundlich. »Und du könntest auch ein paar Rüben für die Suppe herausziehen, wenn du schon draußen bist.«
»Und sollte ich nicht ein paar Nüsse auflesen? Es ist wirklich eine Schande, daß die Eichhörnchen alle kriegen, die Viecher!«
»Ach, Norah, mach dir keine Sorgen wegen der Walnüsse! Die werden noch lange rumliegen.« Maud neigte zu ärgerlichen Anfällen von Selbstkasteiung. Norah wußte, später würde sie giftig sein, weil es keine Walnüsse mehr gab.
Doch beglückt über ihre kurze Befreiung, lief Norah mit dem klappernden Eimer hinaus. Als sie den Eimer, in dem das Wasser überschwappte, an der Hintertür abgestellt hatte und sich die kleine Forke zum Rübengraben geholt hatte, ging sie allerdings nicht direkt zum Gemüsebeet. Sie fand eine alte Ledertasche, die ER selbst einst beim Fischen benutzt hatte, und lief damit durchs schlaffe Gras zum Nußbaum.

Während sie in den letzten Sonnenstrahlen hin und her ging, sich bückte und genüßlich die Nüsse in den aufgeplatzten grünen Hüllen aufsammelte, die ihr sofort die Finger braun färbten, murmelte sie vor sich hin.

»Ach, die ist wirklich eine Tyrannin, die da! Vorhänge, Vorhänge, Vorhänge, tagein, tagaus! Und ich mit einem Rücken, der fast durchbricht, und meine Augen werden auch schlechter, und außerdem, wozu soll das alles gut sein? Wenn wir mal tot und begraben sind, zerfallen die Vorhänge sowieso zu Fetzen, denn mir kann keiner erzählen, daß sie da die armen Irren dransetzen. Und noch nicht einmal ein bißchen Musik, um einem die Langeweile zu vertreiben! Und alle SEINE Melodien liegen da stumm im Papier. Eines Tages werde ich ihr sagen . . . Eines Tages werde ich ihr die Meinung sagen, aber wie!«

Sie wußte, daß das nie geschehen würde, und dachte vergnügt daran, während sie die feuchten grünen Kugeln in ihre Tasche warf.

»Du gemeine Sklaventreiberin, du bösartige, werde ich ihr sagen. Oh, ich werde kein Blatt vor den Mund nehmen! Du hast mich Donny Creagan damals nicht heiraten lassen, als er mir einen Antrag machte, weil er, so hast du gesagt, keine standesgemäße Partie war. Standesgemäß! Und wie standesgemäß lebe ich hier, kannst du mir das mal sagen! Mein Stand ist der eines unbezahlten Küchenmädchens. Und jetzt ist Donny seit dreißig Jahren mit Rose Cormack verheiratet, und sie haben achtzehn Enkel, wenn nicht mehr, und sind nach Newport, Rhode Island, gegangen, dort leben sie bei ihrem Ältesten. Und welches Vergnügen und welchen Trost hab ich den lieben langen Tag? Walnüsse!«

Sie hob die Tasche hoch, die inzwischen so viel wog, daß sie sie gerade noch tragen konnte, und nickte hinauf zu zwei Eichhörnchen, die sie hoch oben im Baum feindselig beobachteten.

»Schon gut, ihr kleinen Racker! Ihr könnt den Rest haben, und überfreßt euch nicht!«
Kichernd trottete sie hinüber zu einer efeubewachsenen Mauer, hinter der die Wirtschaftsgebäude lagen. Genau wie das Haus, wie die alten, sterbenden Bäume im Park, wie die verwilderten Gärten litten sie sichtbar unter fünfzigjähriger Vernachlässigung. Dächer waren eingesunken; Türen hingen schief von rostigen Scharnieren; alte Karren faulten vor sich hin.
Deshalb war Miß Norah nicht wenig überrascht, einen ziemlich neuen Lastwagen in einer Ecke hinter einem alten Heuwagen abgestellt zu sehen, als sie ihre Tasche in den Wagenschuppen trug.
Einen Augenblick lang dachte sie, Mikey Meagher sei gekommen, um endlich die Leitungen zu reparieren! Doch dann fiel ihr ein, daß Mikey den Landrover seines Onkel benutzte und diesen Wagen immer mit laufendem Motor vor dem Haus stehen ließ. Das hier hingegen war ein grauer Lastwagen, und er war so sorgsam versteckt worden, als hoffte jemand, daß man ihn nicht sehen würde.
Miß Norah murmelte erstaunt vor sich hin und spähte ins Fahrerhaus.
»Und warum, um alle Geheimnisse dieser Welt, sollte jemand einen Laster in unserem Schuppen lassen? Und wo ist der Bursche, der ihn hergefahren hat, und ist es nicht seltsam, daß er nicht zu einer Tasse Tee und einem freundlichen Wort ins Haus gekommen ist?«
Sie sah sich kurzsichtig um, ging am Fahrzeug entlang und stellte sich auf die Zehenspitzen, um die Ladung zu untersuchen. Die, woraus sie auch bestehen mochte, lag in blauen Plastiksäcken, wie sie von den Bauern für Dünger und Viehfutter benutzt werden. Doch da war noch etwas.

»Ach, Gott segne sie, das friedliche Paar«, hauchte Miß Norah und betrachtete mit sentimentaler Bewunderung die beiden langhaarigen Jungen, die auf den blauen Säcken lagen. »Sehen sie nicht aus wie zwei heilige Engel?«
Damit wurde Miß Norah den Jungen mehr als gerecht. Einer von ihnen sah ziemlich gut aus mit seinem blonden Haar und den runden roten Backen, doch der andere hatte selbst im Schlaf ein schiefes Gesicht, vielleicht war es ein Geburtsfehler, der ihm so den Mund verzog. Der arme Kerl, dachte Miß Norah mitleidig, und sein Bruder ist so hübsch; aber vielleicht hat er den besseren Charakter.
Sie trat einen Schritt zurück, um die Jungen nicht im Schlaf zu stören, doch der Schuppen war voll alter, rostiger Geräte, und so stieß sie an ein Ochsengeschirr. Es fiel krachend herunter auf ein leeres Butterfaß, und beide Jungen schossen sofort hoch.
»Großer Gott! Es ist eine von den alten Hexen!« zischte der Hübsche.
»Du hast gesagt, sie kommen nie hier raus!«
»Jamesy Phelan hat das gesagt. Wie kann ich wissen, daß sie heute kommt?«
»Herzlich willkommen, Jungen«, sagte Miß Norah schüchtern, denn jetzt, wo sie wach waren, sahen sie gar nicht mehr so engelsgleich aus, eigentlich eher bedrohlich, als sie nun auf sie herunterschauten. Der Rundbackige hatte die Stirn gerunzelt, und der mit dem schiefen Mund wirkte geradezu gefährlich.
»Am besten sagen Sie keinem, daß Sie uns gesehen haben«, sagte der häßliche Junge in drohendem Ton.
»Bestimmt nicht«, versprach Miß Norah fröhlich. »Und überhaupt, wem sollte ich es schon sagen? Da ist nur meine Schwester, und sie hat so viel mit sich selbst zu tun, daß sie kein Wort von dem hört, was ich sage. Ihr könnt also ganz beruhigt sein, ihr zwei.«

Aber das Mißtrauen des häßlichen Jungen war nicht ganz zerstreut. »Wenn Sie auch nur *ein* Wort sagen – dann kommen wir bei dunkler Nacht zurück und schlitzen Ihnen den Bauch auf . . .«

»Ach komm, halt's Maul, Brian«, sagte der Hübsche. »Sie verrät uns nicht, sie hat es doch gesagt! Bis es dunkel ist, sind wir weg, Missis, wir haben uns hier bloß ausgeruht, wir bringen den Laster in die Grafschaft Cork zu einem, den wir kennen . . .«

»Halt die Schnauze, du Idiot«, knurrte Brian und versetzte ihm einen Tritt. »Nicht nötig, der ganzen Gegend unsere Pläne mitzuteilen . . .«

»In die Grafschaft Cork, wie ich gesagt habe«, fuhr der hübsche Junge gleichmütig fort. Selbst Miß Norah merkte, daß er log. »Und was soll daran schlimm sein? – Sie haben wohl nicht gerade einen Kuchen oder einen Laib Brot und eine Kanne Tee übrig, Missis?« fügte er schmeichelnd hinzu und lächelte sie voll Hoffnung an. Seine Augen waren strahlend blau – fast so blau wie die von Donny, als er ihr den Hof gemacht hatte.

»Oh, ich trau mich nicht«, sagte sie bekümmert. »Verstehst du, im Haus ist meine Schwester. Sie würde wissen wollen, was ich damit mache.«

»Kommt sie hier raus?« Sie sahen ängstlich aus.

»Die nicht, da braucht ihr euch keine Sorgen zu machen; solange es hell ist, bleibt sie bei ihrer Näharbeit«, versicherte Miß Norah. Dann hatte sie einen guten Einfall. »Ich könnte euch ein paar gekochte Kartoffeln bringen – um diese Zeit trage ich immer einen Topf voll zu den Hühnern . . .«

Sie sagte nichts davon, daß die Kartoffeln faulig und aus zweiter Ernte waren; sie hatten sie billig als Viehfutter gekauft.

»Kartoffeln! Wir sind doch keine Schweine!« murrte der Häßliche.

»Sonst hab ich nichts«, sagte Miß Norah friedfertig. »Es sei denn,

ihr mögt Walnüsse?« Sie hielt die Riemen der Ledertasche auseinander, damit man den Inhalt sehen konnte. Unerklärlicherweise schien das die Jungen sehr zu belustigen.
»Walnüsse! Oh, das ist nicht auszuhalten. *Walnüsse*! Danke, Missis, aber Walnüsse haben wir sowieso schon zuviel.«
»Gütiger Himmel, *was* habt ihr, Jungen?« fragte Miß Norah verwirrt, aber auch erfreut darüber, daß die Jungen sich vor Lachen kaum halten konnten.
»Verstehen Sie, unser Chef hat uns gesagt, wir sollen diesen Laster hier runterfahren«, erklärte der Hübsche und wischte sich die Lachtränen aus den Augen. »Nehmt den grauen Laster, den letzten in der Reihe, hat er gesagt, der ist mit Kugellagern und Nuten und Bolzen beladen, und dieser Bursche im Süden gibt uns dreihundert für die Ladung und noch mal fünf für den Laster. Aber als wir hier ankommen und nachsehen, was finden wir da? Weder Nute noch einen Bolzen – bloß Nüsse! Zwanzig Säcke voller Walnüsse – genug, um Nougat für alle Kinder im Land daraus zu machen, oder was man sonst draus macht.«
»Säcke mit *Walnüssen*?« Eine unbestimmte Warnung – eine unbestimmte Erinnerung – regte sich in den diesigen Tiefen von Miß Norahs Gedächtnis. Walnüsse – ein Lastwagen – ein grauer Lastwagen? Gedankenverloren ging sie zum Heck, wo sie das amtliche Kennzeichen sehen konnte; dann stieß sie ein kurzes entsetztes Wimmern aus. »*Walnüsse*? Ihr habt doch keine davon gegessen, Jungen?«
»Wir doch nicht«, sagte Brian verärgert. »Nüsse? Halten Sie uns für Affen? Aber einen Teller voll Schinken und Ei könnt ich jetzt vertragen . . .«
»Dann rührt diese Nüsse bloß nicht an!« kreischte Miß Norah mit solchem Nachdruck, daß die beiden sie überrascht anstarrten. »Wirklich, ich hab es mit eigenen Ohren heute in dem gesegneten

Radio gehört! Jede einzelne Nuß ist voller Strychnin, genug, um ganz Dublin umzubringen – die machen euch so tot wie Nebukadnezar!«
»Gift?«
»Für die Eichhörnchen in den Parks. Sie wollen die Eichhörnchen damit vergiften – obwohl nur der Herr in seiner Gnade weiß, welchen Schaden die armen kleinen Geschöpfe angerichtet haben sollen . . .«
Es dauerte eine Zeitlang, bis die Jungen Miß Norahs Warnung glaubten.
Als die Wahrheit zu ihnen durchgedrungen war, lachten sie noch lauter als in dem Augenblick, als sie ihnen ihre Walnüsse angeboten hatte.
»Sag bloß, Tony, hast du so was schon gehört? Eine ganze Wagenladung vergiftete Walnüsse, ist das nicht der Gipfel? Schade, daß wir es in der Stadt noch nicht gewußt haben, wir hätten dem alten Dooley in der Mourne-Street-Schule eine Handvoll dalassen können . . .«
»Das hab ich grade auch gedacht! Und einen Korb voll für meinen Opa«, stimmte Tony zu und wischte sich die Augen. »Um dem endlich aus der Welt zu helfen . . .«
»Der Chef glaubt bestimmt nicht, daß sie vergiftet sind. Der verkauft sie an irgendeinen Supermarkt. Verdammt – denk bloß, was dann passiert!«
Sie versetzten sich Rippenstöße beim Gedanken daran.
»Dann darf er sie nicht bekommen, auf keinen Fall!« Miß Norah wußte nicht genau, ob sie die Jungen ernst nehmen sollte oder nicht. »Am besten laßt ihr die Nüsse hier.«
Die Jungen sahen sich an.
»Der alte Haut-und-Knochen wird sie nicht wollen, das ist sicher!« sagte der häßliche Junge nachdenklich. »Es können nicht viele

Lastwagen mit vergifteten Nüssen unterwegs sein – ihre Spur ist leicht zu verfolgen. Und wer will sie schon haben?«
»Sollten wir nicht mal eine ausprobieren – damit wir wissen, ob sie wirklich vergiftet sind? Gibt's hier einen streunenden Hund, Missis, den Sie loswerden wollen?«
»Bestimmt nicht! Was für ein Gedanke!«
»Oder vielleicht eine Ratte? In der Scheune sind doch sicher Ratten!«
»Solange ihr hier auf sie wartet, kommen sie nicht heraus.«
Doch Brian bestand darauf, eine Handvoll Nüsse auf dem staubigen Lehmboden des Wagenschuppens zu verteilen und ein paar davon mit einer Schaufel aufzuschlagen. Während er noch damit beschäftigt war, schlug die Kirchenuhr von Kilvarna jenseits der Felder sechs Uhr.
»Verdammt!« rief Tony. »Ist es schon so spät? Wir müssen geschlafen haben wie die Toten. Komm, Brian, laß den Unsinn – wir sollten schon seit zwei Stunden unterwegs sein. Also, Missis – sie werden uns nicht verraten, nicht wahr?« fragte er Miß Norah mit falscher Liebenswürdigkeit.
»Nicht, wenn ihr die Nüsse hier laßt und ich weiß, daß ihr nicht die halbe Gegend vergiftet.«
»Ach, vielleicht ist es besser so. Wo sollen wir sie denn hintun?«
»Ihr könnt sie in die alte Sickergrube hinter der Scheune werfen«, antwortete Miß Norah, die darüber schon nachgedacht hatte. »Dort können sie keinen Schaden anrichten.«
Die Grube mußte früher sehr tief gewesen sein; die Vertiefung im Boden war immer noch zu erkennen. Nach Miß Norahs Anweisungen fuhren sie den Lastwagen rückwärts und senkten das Heck, so daß die Plastiksäcke zwischen riesige Nesseln und Schierlingspflanzen rutschten. Dann richteten die Jungen die Ladefläche wieder gerade und fuhren mit fröhlichem Winken

davon. Der Wagen verschwand durch die hintere Einfahrt zwischen verwilderten Ulmen in der Dämmerung.
Miß Norah ging nachdenklich in den Wagenschuppen zurück und untersuchte die Reifenspuren auf dem staubigen Boden. Maud würde schäumen vor Wut, weil sie so lange weggeblieben war; doch eine Abwechslung wie diese, so viel Geselligkeit erlebte sie höchstens zweimal im Jahr, falls überhaupt – sie brauchte Zeit, um das Vergnügen daran auszukosten. Dieser Blonde, er sei gesegnet – er hatte wirklich dem Donny von damals geglichen, der ihr in längst vergangenen Tagen den Hof gemacht hatte – und er hatte auch diese hinterhältige, verführerische Art! Und was den anderen anging – zu schade, daß sein Gesicht so verzerrt war, der arme Kerl – aber zweifellos würde auch aus ihm einmal ein anständiger Mann werden, wenn er die Stürme der Jugend und ihre Torheiten überstanden hatte . . .
Sie ging zu der Stelle, wo sie die beiden zuerst gesehen hatte – und blieb wie angewachsen mit offenem Mund stehen. Denn eine große graue Ratte war frech wie Oskar aus irgendeinem Schlupfwinkel herausgekommen, während sie den Jungen gezeigt hatte, wo sie die Ladung hinkippen sollten, und hatte offensichtlich eine der vergifteten Nüsse gefressen. Oder mehrere. Und jetzt zuckte und wimmerte das Geschöpf im letzten Todeskampf – ein wirklich ekelhaftes Schauspiel.
»Der Herr sei uns gnädig! Ist das zu glauben?« flüsterte Miß Norah. »Schau dir das an!«
Bis jetzt war ihr das Gift wie eine Art Märchen vorgekommen – allerdings wie eins, an das sie glaubte. Jetzt wurde es Wirklichkeit. »Das ist starkes Zeug. Dagegen kommt keiner an.«
Und dann dachte sie, die Vorsehung müsse es für irgendeinen Zweck bestimmt haben – warum hätte sie es sonst hierhergebracht?

Noch ein paar Minuten lang sah sie sich aufmerksam die tote Ratte und die auf dem Boden verstreuten Nüsse an. Dann hob sie vorsichtig ein halbes Dutzend der unversehrten auf und steckte sie in ihre Schürzentasche.
Im Haus erwarteten sie Schimpfen und Gezänk.
Sie ertrug es geduldig.
»Ach, Gott segne dich, Maud, das war wirklich das größte alte Monstrum von einer toten Ratte, das ich je gesehen hab, und es schwamm im Brunnen! Und du kannst dir nicht denken, wie mühsam es war, das Vieh herauszufischen. Und dann mußte ich natürlich zur Quelle gehen – denn wir können doch das Brunnenwasser nicht benutzen, bevor es nicht wieder sauber ist. Ich zeige dir die Ratte, wenn du es nicht glaubst . . .«
»Und warum sollte ich mir so was Scheußliches ansehen wollen?« fragte Maud wütend.
»Vielleicht möchtest du, daß ich dir nach all dem Warten zum Abendessen ein Ei koche oder zwei?« schlug Miß Norah liebenswürdig vor.
»Schweig, Weib! Du weißt genau, daß ich kein Fleisch und kein Geflügel anrühre und nichts, was davon kommt! Bring mir zwei Karotten aus der Speisekammer – und einen Apfel – und eine Nuß oder zwei – ich hab vom Fenster aus gesehen, wie du Nüsse aufgelesen hast – *mich* kannst du nicht hinters Licht führen . . .«

Zwei Stunden später, als Miß Maud zusammengekrümmt und tot wie ein Türnagel auf dem Steinboden in der Diele lag, in die sie sich unter letzten Krämpfen geschleppt hatte, zündete Miß Norah zwei Kerzen an. Später würde sie ihre Schwester aufbahren, wie es sich gehörte, und den Arzt und den Priester holen. Aber jetzt noch nicht.
Sie trug die Kerzen ins Eßzimmer und stellte sie aufs Büfett. Dann

drehte sie die Kurbel, wie sie es in Gedanken so oft in diesen vielen Jahren getan hatte, legte eine Platte auf den Samt des Plattentellers und schob sorgfältig, aufmerksam den schweren Tonarm darüber; sie drehte den Kopf, so daß die Nadel die Platte traf, die sich bereits drehte.
Ein- oder zweimal hatte sie zugesehen, wie ER es tat, damals, als sie ein junges Ding von sechzehn war, das zur Gesellschaft für ihre Schwester ins Haus geholt wurde; sie erinnerte sich genau an den Vorgang.
Dann drückte sie die Ellbogen an den Körper, drehte die Handgelenke, bog die Finger, ließ die Hüften kreisen, summte glücklich vor sich hin und fing an, den Sweeney-Dreher zu tanzen. Und während sie tanzte, dachte sie erstaunt an die Macht, die ihr durch diese Säcke voller Nüsse draußen hinter der Scheune gegeben worden war. All die Leute, die sie und ihre Schwester geschnitten, geächtet, gequält, verspottet und verschmäht hatten. Sie hatte sie jetzt in ihrer Gewalt, wenn sie nur wollte! Ich könnte alle Menschen im Land töten, wenn ich wollte, dachte sie. Oder soll ich die armen Geschöpfe leben lassen?
Mit ihrer brüchigen alten Stimme sang sie:

»Und so wird's gemacht, mein Schatz,
komm ein bißchen näher,
jeden Morgen, jeden Abend
komm zum Sweeney-Dreher.«

Sie tanzte weiter, bis die krächzende, rhythmische Musik erstarb.

DIE GESCHICHTE ÜBER CARUSO

Sobald Onkel Roger zu Bett gegangen war, sprang Loraine fast automatisch von ihrem Sessel auf, ging in die Küche und schlang den kalten Fruchtpudding hinunter, der vom Abendessen übriggeblieben war.

Er war klumpig, zäh, kalt, ekelerregend. Warum aß sie ihn? Eigentlich wußte sie es nicht. Damit er überhaupt rutschte, mußte sie mehrere Löffel voll Marmelade darübertun. Endlich ging sie, unangenehm satt und mit dem Gefühl, tagelang nichts mehr essen zu können, zum Kamin zurück.

Gott sei Dank zog sich Onkel Roger früh zurück und vergaß nie den kichernden Hinweis auf seinen Schönheitsschlaf. »Nun, Lorry, es wird Zeit für den Schönheitsschlaf des alten Mannes. Damit meine Wangen morgen wieder rosig sind!« Ein Zwinkern, ein komisches Zucken im Gesicht, und die Tür schloß sich hinter ihm; nun hatte Loraine zwei, drei, vier Stunden, in denen die Wohnung wieder ihr gehörte (bis auf das Gästezimmer und sein nervenzerrüttendes Schnarchen, das so pünktlich kam wie die Signale eines Leuchtschiffs). Aber dennoch, wie, wie, *wie* sollte sie die nächsten zehn Jahre durchstehen?

Oder die nächsten fünfzehn?

Natürlich wurde er älter, natürlich würde er, wie ihre Freundin Cynthia fröhlich und mitleidig gesagt hatte, nicht ewig leben. Doch inzwischen hörte sie jeden Morgen Punkt neun seinen Morgengruß, mit dem er aus seinem Zimmer kam: »Guten Morgen, schönste Lorry. Wie wächst's in deinem Garten?«

Und dann seine rührenden, ergebnislosen Bemühungen im Haushalt jeden Morgen, während sie im Büro war, seine verdrehten, ungeschickten Entschuldigungen wegen des Mittagessens – er bestand darauf, zu kochen. »Du machst das Abendessen, Lorry; *ich* mache das Mittagessen. Eine faire ›Arbeitsteilung‹, wie?«
Vieles von dem, was Onkel Roger sagte, stand zwischen Gänsefüßchen, die er beim Sprechen deutlich hervorhob. Er gehörte einer Generation an, die Slang mit bewußter Schalkhaftigkeit benutzte.
»Ich habe eine ›umwerfende‹ Suppe gekocht, Lorry, mein Liebes; du findest sie bestimmt ›diätbewußt‹. Zwiebeln, Mohrrüben, Nieren und nur ein Spritzer ›Wuusch‹ – nur ein Hauch Worcestershire-Sauce.«
Onkel Roger war eigentlich der Onkel von Loraines Mann. Doch solange Rodney lebte, hatte er sich selten blicken lassen; Rodney hielt nicht viel von Familienbanden. Erst nach seinem Tod und nach dem von Tante Alice hatte Loraine sich verpflichtet gefühlt, den alten Mann bei sich aufzunehmen. Was sollte sie sonst schon tun? Er war über achtzig, ohne einen Menschen, der für ihn sorgte, und ohne ordentliche Rente, weil er zur vielfältig zusammengesetzten Gruppe jener gehörte, um die sich die öffentliche Fürsorge aus irgendeinem Grund nicht kümmerte; er hatte sein ganzes Vermögen aufgebraucht; er hatte ein schwaches Herz; man konnte ihn nicht allein lassen.
Andererseits hatte er das schwache Herz bereits seit vierzig Jahren, und Loraine war überzeugt, daß sie in rasenden Wahnsinn ausbrechen würde, wenn sie ihre Wohnung weitere zehn Jahre oder zehn Monate oder zehn Wochen mit ihm teilen müßte . . .
Sie hatte nicht länger als fünf Minuten am Kamin gesessen, als sie aufsprang, wie an einem Draht gezogen in die Küche lief, die hinteren Winkel eines Schranks durchsuchte und eine halbe

Flasche Whisky hervorholte, die neun Monate unberührt dort gestanden hatte. Zögernd, fasziniert und widerwillig zugleich goß sie das meiste davon in ein Glas und stürzte es unverdünnt hinunter.

Warum hab ich das getan? fragte sie sich verwundert. Ich habe es nicht gewollt. Ich mag keinen Whisky. Er macht mich noch nicht einmal munter. Wollte ich das Gefühl haben, etwas unabhängig von Onkel Roger zu tun? Etwas, wovon er nichts weiß? Wie dumm kann man bloß sein!

Ich muß mich beherrschen. Ich muß mich am Riemen reißen.

Trotzdem war sie eine halbe Stunde später wieder in der Küche, trank den Whiskyrest und verschlang gierig eine halbe Tafel ungesüßter Kochschokolade; und das, obwohl das Abendessen, das sie täglich pflichtbewußt für Onkel Roger zubereitete, viermal so üppig war wie ihre normale Abendmahlzeit; Onkel Roger hatte einen gesunden Appetit.

Ich werde keinen Whisky mehr kaufen, beschloß Loraine am nächsten Tag. Um sicherzugehen, daß sie diesen Vorsatz hielt, ließ sie all ihr Geld zu Hause, als sie ins Büro ging; nur das Fahrgeld nahm sie mit. Dennoch ging sie auf dem Heimweg in den Schnapsladen, löste einen Scheck ein und kaufte zwei Flaschen Cutty Sark.

»Heute gibt's mehr als ein ›Gabelfrühstück‹«, zirpte Onkel Roger strahlend von oben herunter, als sie mit ihrer Tragtasche die Treppe hinaufstieg. »Fleischpastetchen nach meinem Rezept – die werden dir schmecken, Lorry – und Reis, und Harvard-Rüben, und Weinschaumcreme. Tante A. hat meine Weinschaumcreme immer köstlich gefunden. Die reinste tour de force, hat sie immer gesagt. Eine richtige tuhuur de force.«

Die Küche war ein Chaos aus blauem Rauch, Eierschalen, Ruß, Zwiebelschalen und Zigarettenasche. Loraine hielt sich mit körperlicher Anstrengung davor zurück, ihre Leinenservietten vom Boden aufzuheben, wo sie in einer Pfütze mit Kaffeesatz lagen. Sie lächelte den alten Mann an und lief, als wüßte sie nicht, was sie sagen sollte, in ihr Schlafzimmer und zog den Mantel aus.

Nach dem Essen und dem Spülen, das Onkel Roger ihr überließ, weil, wie er sagte, »du weißt, wo alles hingehört, Lorry; und überhaupt habe ich gekocht – eine faire ›Arbeitsteilung‹, wie?«, aß sie heißhungrig fünf Minuten lang auf ihrem Bett Schokolade, bevor sie ging und mit dem Bus ins Büro fuhr.

Beim Mittagessen hatte Onkel Roger verschiedene seiner Geschichten erzählt; die Geschichte, wie er Bernard Shaw kennengelernt hatte (zum zweiten Mal gehört); die Geschichte, wie er die Eisenbahngesellschaft verklagt und eine Entschädigung bekommen hatte (zum dritten Mal gehört); die Geschichte, wie er als kleiner Junge einen Liedervortrag von Caruso gehört und was er gesagt hatte (zum fünften oder möglicherweise sechsten Mal gehört).

Nach der Schokolade hatte Loraine noch einen Schluck Whisky getrunken.

Ich muß gerecht sein, sagte sie sich, als sie wie von Furien gehetzt zur Bushaltestelle lief. Er hat jetzt nichts im Leben als seine Erinnerungen, also bietet er sie mir an; sie sind sein Anteil an der Hausarbeit, sein Beitrag zur Unterhaltung. Und natürlich will er das Gefühl haben, daß diese Episoden seines Lebens, die ihm noch so lebhaft vor Augen stehen, immer noch interessant, noch wichtig sind. (Und eigentlich, gab sie zu, sind sie auch interessant; wenn ich sie in irgendwelchen Memoiren lesen würde, dann hätte ich Spaß daran zu wissen, was Bernard Shaw gesagt hat, wie Southend Beach 1890 aussah, was die Damen bei Abendgesellschaften trugen, was man mit Visitenkarten machte und wie man auf ein Hochrad stieg.)

Warum kann ich sie dann von Onkel Roger nicht ertragen?
Ich muß aufhören, Schokolade zu essen, ich habe sieben Kilo zugenommen, seit er bei mir in der Wohnung ist. Heute werde ich keine kaufen. Ich werde erst aus dem Büro gehen, wenn die Läden geschlossen sind.
Sie blieb im Büro, erledigte Extraarbeiten, kümmerte sich bis halb sieben um Liegengebliebenes und Langfristiges, und dann steckte sie Münzen in drei verschiedene Automaten, bis sie einen fand, der funktionierte. Die Schokoladenriegel daraus verschlang sie in der Küche, während sie das Abendessen zubereitete. Onkel Roger hörte eine Unterhaltungssendung am Radio, das er so laut gestellt hatte, damit er sie gut verstehen konnte. Beim Essen erzählte er ihr die besten Witze.
Loraine wußte nicht genau, wann der Gedanke an Mord zum ersten Mal in ihr Gehirn kroch. Der Einfall hatte nichts mit finanziellem Gewinn zu tun – obwohl Onkel Roger ihr oft fröhlich sagte, daß einmal alles ihr gehören werde. Sie war sich darüber im klaren, daß sein geringes Jahreseinkommen mit seinem Leben enden würde und daß seine Habe im wesentlichen aus seinen Freimaurer-Insignien, Angelzeug, einigen Porzellanvasen und einem halben Dutzend Bücher über Spiritismus bestand.
Der Mord geschähe nicht wegen eines konkreten Gewinns. Er würde nur Frieden bringen, herrlichen, entschwundenen Frieden, die Gewißheit, daß alle Gegenstände im Haushalt an ihrem Platz waren, und die Möglichkeit, ungestört Konzerte im Radio zu hören.
Ihn zu töten wäre so leicht. Jeden Abend um neun, wenn er zu Bett ging, nahm Onkel Roger eine Schlaftablette.
»Ich muß, mein Liebes«, vertraute er Loraine an. »Mein Geist ist so erschreckend aktiv. Ohne die Tablette würde ich die liebe lange

Nacht wachliegen und an Vorhaben denken, für die ich zu alt bin. Es wäre einfach unerträglich. Deshalb habe ich den Doktor dazu gebracht, mir was zu verschreiben, das mich einschlafen läßt, ohne das alte Herz zu sehr zu belasten.«
Tatsächlich hatte Loraine damals, als sie Onkel Roger zu sich nahm, von dem Arzt erfahren, daß die Tabletten vorwiegend aus Zucker und Glauben bestanden.
»Solange er daran glaubt, schläft er damit auch ein. Sie müssen nur darauf achten, daß er nie etwas Stärkeres nimmt.«
Das wäre es also.
Loraine selbst litt unter schweren Schlafstörungen und nahm seit Rodneys Tod Tabletten, die sehr viel stärker waren als die von Onkel Roger. Was wäre einfacher, als die eine mit der anderen zu vertauschen?
Am Tag nachdem ihr dieser Einfall gekommen war, nahm sie ihren Tablettenvorrat und warf ihn von der Waterloo-Brücke. Danach lag sie nachts wach. Manchmal dachte sie über die Leidenschaftlichkeit eines Achtzigjährigen nach, der alles tun wollte, was ihm sein Alter verbot.
An einem Abend, an dem Loraine ein paar Freunde zum Essen eingeladen hatte und Onkel Roger ihnen in rascher Folge die Geschichten über Bernard Shaw, die Eisenbahngesellschaft und Caruso erzählte und außerdem herzlich darauf hinwies, was für eine tüchtige kleine Berufstätige und Hausfrau Lorry sei – an diesem Abend spitzten sich die Ereignisse zu.
Die Freunde waren gegangen. Onkel Roger hatte herumgetrödelt und sich wesentlich später als sonst zurückgezogen, um ein Bad zu nehmen. »Ich weiß, es wäre dir nur lästig, wenn ich hier herumhängen und deine Töpfe alle an den falschen Platz stellen würde, mein Liebes!« Loraine spülte. Das Wasser floß kochendheiß aus dem Hahn, weil Onkel Roger trotz häufiger Ermahnungen wieder

einmal vergessen hatte, den Boiler auszuschalten, nachdem er am Morgen seine Socken gewaschen hatte.
Loraine ließ absichtlich das Wasser in der Küche weiterlaufen. Dadurch, wußte sie, floß es im Bad so spärlich wie ein Rinnsal. Entschlossen wartete sie, bis sie durch die dünne Trennwand hörte, wie Onkel Roger ächzend und stöhnend in sein halb gefülltes, nicht zu heißes allabendliches Bad stieg. Dann drehte sie mit einer raschen Bewegung des Handgelenks den Küchenhahn zu und stellte sich den brühheißen Strom vor, den sie jetzt aus dem Hahn im Bad brausen hörte.
»Loraine!« schrie Onkel Roger. »Loraine! Hilfe . . .«
Sie wartete eine Minute lang. Dann ging sie langsam in den Gang. Sie versuchte die Tür zum Bad zu öffnen. Sie hatte schon oft gesagt, es sei klüger, sie nicht abzuschließen. Doch er hatte abgeschlossen.
»Onkel Roger?« rief sie mit dem Gesicht dicht an der Tür. »Ist alles in Ordnung, Onkel Roger?«
Aber er antwortete nicht. Sie hörte nur das Brausen aus dem kochendheißen Hahn.
Loraine ging zum Telefon und wählte 999.
»Können Sie die Polizei und einen Krankenwagen herschicken?« sagte sie ruhig. »Ich habe gerade meinen Onkel ermordet.«
Dann legte sie den Hörer zurück, hob das Couchpolster hoch, holte eine Tafel Milchschokolade mit Rosinen hervor und fing an, sie gedankenverloren und hastig aufzuessen.

KURZSCHLUSS

Der Wind schlug und knallte wie eine flatternde Decke, er tobte und beutelte und klopfte und stieß und ließ jeden Fensterflügel klappern, jede Tür schwingen und quietschen. Der Wind seufzte im Kamin, klirrte in den Rohren und zirpte an der Fernsehantenne. Regen klatschte auf die Schieferplatten und fiel in Kaskaden gegen die Fenster. Das Landhaus war solide gebaut, die sechzig Zentimeter dicken Steinmauern standen fest auf einem Berghang in Cornwall. Gleichgültig ertrug es die Peitsche des Sturms. Doch drinnen war die Luft bewegt, voller Fallböen und Wirbel; trotz geschlossener Türen und verriegelter Fenster schien das Unwetter direkt durchs Haus zu ziehen, als wäre es, dachte Thomas, nur ein Rohbau, nur ein Bauplan. Er streckte die Hand aus und berührte die Wand. Sie fühlte sich dick an, undurchdringlich, obwohl sie kalt und feucht war; doch sobald er die Hand zurückzog, kam es ihm wieder vor, als stünde er mitten im Moor.
Oder mitten im Nichts.
Er rief: »Celia? Wo bist du?«
Ihre Stimme kam von oben. »Hier, im ersten Stock. Ich drehe alle Heizungen auf und lüfte die Betten. Alles ist schrecklich feucht. Warum bloß die verflixte alte Mrs. Tredinnick nicht gekommen ist und den Nachtstrom eingeschaltet hat, ich habe sie doch extra darum gebeten . . . Kannst du das Heizgebläse im Wohnzimmer anstellen?«
»Okay.«
Er tastete sich an der Küchenwand entlang und orientierte sich an

den glatten, viereckigen Metallteilen, die er berührte. Kühlschrank, Herd, Waschmaschine, Trockner, Geschirrspüler, zwei Chromspülbecken (das eine mit Müllschlucker), Elektroofen, dann ein Schrank. Dann kam die Tür zum Wohnzimmer. Weil er zwanzig Jahre darin gelebt hatte, kannte er ihr Londoner Haus genau, so daß er dort nicht tasten mußte, sondern ohne Hilfe von Raum zu Raum gehen konnte. Doch das Landhaus war ihm fremd geworden; sieben oder acht Jahre lang hatte er keinen Fuß hineingesetzt. Er hatte es nicht gewollt.

Gleich nach dem Kauf war das Haus eine wunderbare Zuflucht gewesen – so kahl und einfach es damals auch war. Es lag zwischen Wiesen und Heide, ein Ort, den sie an Wochenenden und Feiertagen mit den Kindern besuchten, wo sie halb im Freien lebten und Würstchen an Stöcken über Torffeuern brieten. Das lag weit zurück. Sie hatten im alten Steinbruch geschwommen, dem die Kinder den Spitznamen »Teich ohne Boden« gegeben hatten (die Kinder trugen immer Schwimmwesten für den Fall, daß sie im eiskalten Wasser einen Krampf bekamen); sie hatten im Bach gefischt und lange Spaziergänge im Moor gemacht.

Später war das Landhaus ein Refugium geworden. Sie waren an Wochenenden gekommen, auf der Flucht vor eben diesen Kindern, die nun groß und eigensinnig waren und mit ihren Freunden das Londoner Haus in Beschlag genommen hatten wie die Vorhut einer Besatzungsmacht von einem feindlichen Planeten. In dieser Zeit hatten sie sich Mühe gegeben (oder zumindest Celia hatte das getan, ihn interessierte es weniger), das Landhaus bequemer zu machen, sie hatten elektrische Leitungen legen lassen und alle damit verbundenen Annehmlichkeiten angeschafft: Radio, Fernseher, einen Gefrierschrank, so daß immer Vorräte da waren, mehr Möbel, Teppiche und farblich abgestimmte Vorhänge. Celias Freund, der Innenarchitekt Gerard Barron, hatte für die

Farbharmonien gesorgt. Schließlich war ein bebilderter Artikel über das Haus in einer Zeitungsbeilage erschienen.
Dann hatte es eine Zeit gegeben, in der Celia allein oder mit Gerard Barron übers Wochenende hergekommen war.
Und dann hatte es eine Zeit gegeben, in der sie das Landhaus theoretisch ihrem ältesten Sohn Simon überlassen hatten. Theoretisch hatte Simon dafür Miete gezahlt. Diese Zeit hatte unerfreuliche drei oder vier Jahre lang gedauert und wurde regelmäßig von Streitigkeiten begleitet:
»Wann hat dieser Junge dir das letzte Mal Miete gezahlt? Sag schon – hat er dieses Jahr überhaupt etwas gezahlt?«
»Nun . . .«
»Was, nun?«
»Er hat mir zwei von seinen Bildern gegeben. In einer Galerie würden sie mindestens hundert Pfund einbringen . . .«
»In einer Galerie? Hah! Welcher Galerie? Booker hat sich ein paar davon angesehen und mir gesagt, sie sähen aus, als hätte ein zurückgebliebener Vierjähriger sie gemalt. Diese Miete muß *bar* bezahlt werden – oder er muß raus – er und seine Freunde! Gott weiß, was dort vor sich geht.«
Dann hatte Celia auf der Rückfahrt von einem Wochenende in Looe (mit wem, hatte er nicht gefragt; nicht mit Gerard Barron, das war längst zu Ende) das Landhaus aufgesucht und keinen Menschen dort angetroffen. »Aber das *Durcheinander,* Thomas! Es hat mich wirklich entsetzt! Alle unsere herrlichen farblich abgestimmten Tapeten waren mit verrückten Zeichnungen beschmiert. Die Teppiche voller Dreck und Zigarettenkippen. Sie sind total ruiniert. Überall Schmutz. Die Fenster silbern bemalt, so daß man nicht hinaussehen kann. Die Möbel halb zerkratzt – der wertvolle Rosenholztisch! Ich hätte weinen können. In meinem ganzen *Leben* bin ich noch *nie* so verstört gewesen.«

Simon war ebenso wütend gewesen.
»Aber ihr habt mir das Landhaus *überlassen*! Ihr habt gesagt, es gehört mir, ich kann damit machen, was ich will.«
»Aber nicht die teuren Möbel ruinieren. Nicht das ganze Haus in ein ekelhaftes Chaos verwandeln. Nicht vom Boden essen! Den Geschirrspüler offenstehen lassen, so daß er rostet – den Bildschirm vom Fernseher zerschlagen!«
»So leben meine Freunde und ich *gern* – wir kommen ohne euren lächerlichen verweichlichenden Luxus aus, ohne eure teuren Spielzeuge. Sogar einen Anrufbeantworter habt ihr – mitten im Moor von Bodmin, um Gottes willen!«
Danach hatten sie Simon befohlen, das Landhaus zu verlassen, und nach einigem Gezänk war er gegangen und hatte seiner Mutter gesagt, er werde ihr nie verzeihen; aus Steuergründen gehörte das Landhaus formal Celia.
Sie hatte das Haus aufräumen und renovieren lassen, doch diesmal ohne innere Anteilnahme.
Danach war es mehrere Jahre lang kaum noch bewohnt worden.
Und dann, und dann . . .

Er hatte das Heizgebläse im Wohnzimmer eingeschaltet, wo es deprimierend nach Moder roch, und war in die Küche zurückgegangen. Hier war der Kamin verstopft; das Sturmgeheul war weniger zu hören.
»Kann ich etwas tun?« rief er die Treppe hinauf.
»Nein – nein.« Celias Stimme klang ungeduldig. »Oder doch – schalt den Elektroherd ein – dann trocknet der Raum rascher.«
Er tastete sich zum Herd und fand die Schalter. Nach ein paar Sekunden spürte er, als er die Hände wenige Zentimeter über den Herd hielt, daß die Platten zu glühen begannen.
Sie waren hier, um ihre Ehe zu kitten; vielleicht ein hoffnungsloses

Vorhaben. Das Wetter war jedenfalls nicht hilfreich; schrecklich für Anfang Juni. Sie waren hier, um über Simons Tod hinwegzukommen. Und über die Gefühle, die jeder deshalb gegenüber dem andern hatte. Sie waren hier, um das Landhaus in Ordnung zu bringen und auszuräumen, damit es verkauft werden konnte. Sie waren hier, um die Erinnerung an Simon zu begraben.

»Keinen *Tag* mehr will ich diesen Jungen im Haus haben, das sag ich dir.«

»Aber Thomas – er ist so krank gewesen. Er sieht so schrecklich aus. Wenn du ihn nur sehen könntest . . .«

Das war ein taktischer Fehler von Celia gewesen.

»Ich brauche ihn nicht zu sehen, danke. Ich kann ihn riechen – wenn er dieses Zeug geraucht hat. *Und* ihn hören. Wenn er diese verdammte Platte noch einmal auflegt – ›Gib mir, gib mir, gib mir alles, was du mir verspro-o-ochen hast!‹«

Dann war die Polizei gekommen. Sie hatten in Simons Zimmer ein Pfund Haschisch gefunden.

»Nein, ich zahle *keine* Kaution für ihn. Soll er doch im eigenen Saft schmoren. Ich habe nichts mehr mit ihm zu tun. Wenn du ihn nicht so verwöhnt hättest – ihm nicht alles gegeben hättest, was er verlangt hat . . .«

»Oh, und du bist einfach ein kaltherziger, gemeiner Unmensch – ich glaube wirklich, du trägst es ihm immer noch nach – nach all diesen Jahren – mehr als zwanzig Jahre sind es jetzt her . . .«

Zwanzig Jahre, ohne sehen zu können. Glaubte sie, daß die Zeit das Gefühl des Verlusts abschwächte? Zwanzig Jahre, seit er den schwarzblauen stürmischen Himmel hatte sehen können, den er sich jetzt vorstellen mußte, die Flecken stahl- und bernsteinfarbenen Lichts und die Regenböen, die übers Moor jagten.

»Um Himmels willen, damals war er ein winziger Junge, vier Jahre alt . . . Er hat nicht gewußt, was er tat . . .«

Ein verwöhnter, kräftiger, tyrannischer Vierjähriger, wütend und mit einer Dose voll Ofenspray, das mit Treibgas versetzt war.
An der Hintertür wurde laut und hart geklopft. Selbst über das Heulen und Rauschen des Windes konnte er die energische Aufforderung hören – klopf-klopf – und eine Pause – wieder klopf-klopf.
»Celia!« rief er. »Da ist jemand an der Hintertür.«
»Dann mach doch auf! Sei nicht so verdammt hilflos«, rief sie ungeduldig. »Ich bin gerade dabei, die Betten zu machen.«
Er tastete sich aus der Küche durch den schmalen Gang mit dem Schieferboden, wo er die ursprünglichen Granitmauern des Hauses noch fühlen konnte. Und riechen. Er suchte sich seinen Weg an Mänteln vorbei, die an Haken hingen. Die Hintertür war noch abgeschlossen. Mit beiden Händen drehte er den Schlüssel, damit er sich im rostigen Schloß bewegte, und machte die Tür auf. Ein Regenschauer schlug ihm ins Gesicht, als nähme das Wetter die Gelegenheit wahr, das Haus greifbarer in seinen Besitz zu bekommen.
»Ja?« sagte er. »Hallo – wer ist da?« Celia hatte ihn mit ihrer Ungeduld angesteckt. »Wer ist da?«
Er erkannte die brüchige alte Stimme, obwohl er sie in letzter Zeit nicht gehört hatte. »Ich bin's, Anna Tredinnick, Mr. Michaels. Ich bin wegen meiner Katze gekommen.«
»Oh, guten Abend, Mrs. Tredinnick. Warum . . .«
Warum, zum Teufel, haben Sie nicht den Nachtstrom eingeschaltet, wie meine Frau Sie in ihrem Brief gebeten hat, hätte er am liebsten gesagt, aber dann überlegte er es sich anders. Es hatte keinen Sinn, sich die alte Frau zur Feindin zu machen, ihre nächste Nachbarin, die einzige Haushälterin, die sie hatten finden können. Er wandelte seine Frage ab und sagte: »Warum kommen Sie nicht herein?«

»Nein«, sagte sie. »Das will ich nicht. Ich bin ganz naß – ich bin ganz naß«, wiederholte sie im Singsang ihres dörflichen Dialekts. »Fühlen Sie nur mal, wie naß ich bin, Mr. Michaels.« Und bevor er sie daran hindern konnte, nahm sie seine Hand und führte sie über etwas, was sich wie steife Falten irgendeines triefend nassen, verfilzten Stoffes anfühlte. Überempfindlich entzog er seine Hand so schnell wie möglich der kalten, mageren alten Klaue.
»Nun . . .« sagte er gereizt. Was war da mit ihrer Katze gewesen? »Ihre Katze, Mrs. Tredinnick? Was war mit Ihrer Katze?«
»Der Junge. Simon. Wie er hier gewesen ist. Da war die alte Mieze bei ihm im Haus. Er hat immer Katzen so gern gehabt, der junge Simon.«
»*Simon* hat sie hier gehabt? Aber wir haben Ihnen gesagt, Mrs. Tredinnick, daß Sie ihm unter *keinen* Umständen den Schlüssel überlassen dürften – ihn unter keinen Umständen *ins* Haus lassen dürften. Wir haben Ihnen gesagt, daß er nicht mehr hier wohnen durfte nach dem, was er und seine Freunde zuvor getan hatten.« (Außerdem – *wann* war er im Haus gewesen?)
»Ah, das hab ich ihm gesagt, Mr. Michaels. ›Du darfst hier nicht mehr rein‹, hab ich ihm gesagt. ›Du machst besser, daß du wegkommst, bevor ich die Polizei rufe, wie Mr. Michaels es mir befohlen hat.‹ ›Kümmer du dich um deinen eigenen blöden Kram, alte Hexe‹, sagt er da zu mir. Er war wirklich grob. Hat mich überhaupt nicht beachtet. Der hatte seinen eigenen Schlüssel, wissen Sie? *Ich* hab ihn nicht zurückhalten können. Und die Mieze war auch hier. Die alte Mieze ist immer hergekommen, wenn der junge Simon da war. Dann hab ich also die Polizei geholt, und Wachtmeister Pollard von Bodmin, der ist gekommen – und ich hab ihm meinen Schlüssel fürs Haus gegeben – aber der Simon war inzwischen weg. Wahrscheinlich hat er bloß was holen wollen, was er dagelassen hatte. Und seither ist die

alte Mieze nicht heimgekommen; nein, seither hab ich sie nicht mehr gesehen.«
»Nun, das tut mir sehr leid, Mrs. Tredinnick, aber hier ist keine Katze. Sie können gern hereinkommen und sich umschauen, wenn Sie wollen . . .«
Dennoch hoffte er sehr, daß die Alte das nicht tun würde; sie roch einfach ekelhaft nach nasser, schmutziger, schlammiger Wolle und nach feuchtem, ungewaschenem Alter.
»Wenn Ihre Katze hier eingeschlossen gewesen wäre, dann wäre sie bestimmt davongelaufen, als wir die Tür geöffnet haben . . .«
Aber nein; vielleicht wäre sie das nicht mehr, dachte er und spürte einen Brechreiz, an dem der Gestank der nassen alten Frau schuld war und der Gedanke, der ihm gerade eingefallen war.
»Äh – wie lange ist das her, Mrs. Tredinnick? Wann war mein Sohn hier?«
Denn vor genau fünf Wochen war Simon, aus der achtzehn Monate dauernden Strafhaft entlassen, tot in der Scheune von irgend jemandem gefunden worden. Er war verbrannt, genau wie die Scheune und das Heu darin. Fahrlässiges Rauchen, wurde festgestellt. Unfalltod. Ob Simon kurz zuvor im Landhaus gewesen war? Um etwas zu holen, was er hier versteckt hatte? Oder in der Hoffnung, bleiben zu können, nachdem er gnadenlos aus dem Londoner Haus hinausgeworfen worden war?
»Nein, Simon. Das ist nicht mehr dein Zuhause. Tut mir leid.«
Es hatte ihm nicht leid getan. Er war ungeheuer erleichtert gewesen.
Doch wenn die Katze fünf Wochen lang im Haus eingeschlossen gewesen war, konnte sie nicht überlebt haben.
»Celia?« rief er nervös die Treppe hinauf. »Mrs. Tredinnick ist hier, sie fragt nach einer Katze. Hast du – hast du irgendwo eine Katze gesehen?«

»Was? Ich kann dich nicht verstehen.«
Er ging zum Fuß der Treppe und wiederholte seine Frage. Nach einem Augenblick kam Celia heruntergerannt.
»Um Gottes willen, mach diese Hintertür zu!« rief sie. »Der halbe Atlantik bläst ins Haus – im hinteren Gang ist schon ein See!« Ungeduldig lief sie an ihm vorbei und schlug die klappernde Tür zu.
»Aber Mrs. Tredinnick ist draußen!«
»Ach was. Niemand ist draußen.«
»Bist du sicher?«
»Ja, ganz sicher.«
»Also gut«, sagte er. »Wahrscheinlich ist die Alte gegangen, sobald sie überzeugt war, daß die Katze nicht hier ist. Hast du wirklich keine Katze gesehen? Mrs. Tredinnick war ziemlich beunruhigt. Ich hoffe, das Tier ist nicht irgendwo eingeschlossen. Ich kann den Geruch hier nicht ertragen.«
»Thomas.« Celias Stimme klang ebenfalls merkwürdig, stellte er fest.
»Ja, was ist?«
»Simon muß hier gewesen sein. Bevor – bevor. In seinem Bett hat jemand geschlafen. Er muß eine Nacht hier verbracht haben.«
»Ja«, sagte er. »Das hat die Alte gerade gesagt. Simon muß einen Schlüssel gehabt haben, von dem wir nichts wußten. Aber sie hat die Polizei geholt, und als die kam, war er weg.«
»O Gott, o *Gott*!« Am Klang ihrer Stimme hörte er, daß Celia sich an den Küchentisch gesetzt haben mußte und ihren Kopf auf die Arme gelegt hatte. »Der arme unglückliche Junge – gejagt – von Ort zu Ort – als wäre er ein *Ungeheuer* – bis er schließlich in diese Scheune kam . . .«
»Er *war* eine Art Ungeheuer«, sagte Thomas kalt. »Er hatte die Regeln zivilisierten Verhaltens völlig aufgegeben.«

»Wie hast du nur dein eigenes *Kind* aufgeben können?«
»Hör auf, Celia! Wir haben das alles schon besprochen – immer wieder. Es hat keinen Sinn, das alles noch mal durchzugehen. Nimm dich zusammen, um Gottes willen. Wir sind hier mitten im Moor, mitten in einem verdammten Sturm – das ist einfach nicht der richtige Zeitpunkt für einen hysterischen Anfall.«
»Ich weiß nicht mehr, warum wir hergekommen sind«, sagte sie plötzlich. Der Stuhl scharrte am Boden, ihre Stimme veränderte sich; sie war aufgestanden. »Es ist hoffnungslos. Es war verrückt, herzufahren . . .«
»Irgendwann mußten wir her«, sagte er vernünftig. »Wenn wir das Haus verkaufen wollen, müssen wir es aufräumen und feststellen, was alles da ist. Komm – reiß dich zusammen. Wegzulaufen löst keine Probleme.«
»Wegzulaufen? Machst du das nicht die ganze *Zeit*?« fragte sie wütend. »Du läufst vor deinen eigenen Problemen davon – *oh*!«
»Was ist *jetzt* los?« fragte er, denn ihr Ausruf schien in keinem Zusammenhang mit den vorausgegangenen Worten zu stehen.
»Alle Lampen sind ausgegangen. Ein Kurzschluß, nehme ich an. Der Sturm muß irgendwo ein Kabel beschädigt haben. Das hat uns *wirklich* noch gefehlt! Wenn nichts funktioniert, können wir nicht hier bleiben.«
»Warum nicht? Vielleicht dauert es nicht lange. Wir können Kerzen anzünden. Ich nehme an, im Schuppen ist noch Torf.«
»Sei nicht so dumm! Wir würden erfrieren! Alles ist triefend naß. Außerdem können wir nicht kochen, kein Wasser heiß machen – wir *haben* noch nicht einmal Wasser, wenn die elektrische Pumpe nicht funktioniert . . .«
Eine Schublade wurde geräuschvoll aufgezogen; offenbar suchte sie Kerzen. Sie sagte, und er konnte die Panik in ihrer Stimme

hören: »Mein Gott, es ist so *dunkel*! Ich hatte vergessen, wie pechschwarz es hier draußen im Moor ist.«
Jetzt weißt du, wie dunkel es ist, wo ich bin, dachte er.
»Ich finde keine Kerzen. Simon muß sie alle verbraucht haben.«
Ob er sie dazu benutzt hat, diese Scheune anzuzünden? überlegte er.
»Ich werde Mrs. Tredinnick anrufen, vielleicht hat sie welche.«
Doch das Telefon im Wohnzimmer funktionierte auch nicht, als er abhob. Vermutlich hatte der Sturm die Telefonleitung ebenso beschädigt wie die Stromkabel.
Als er den Hörer zurücklegte, stieß er mit dem Ellbogen wie so oft in der Vergangenheit an das Regal, auf dem der Anrufbeantworter stand. Fluchend rieb er sich den Arm. Dabei mußte er aus Versehen das Tonband eingeschaltet haben, denn plötzlich ertönte seine eigene Stimme laut und schroff direkt über seinem rechten Ohr.
»Simon, hör zu. Simon. Ich will dir nur sagen: Solltest du beim Landhaus auftauchen, so hat Mrs. Tredinnick von uns die Anweisung, die Polizei zu holen. Du darfst nicht – ich wiederhole: *nicht* – im Haus wohnen. Hast du verstanden?«
Durch den Lautsprecher klang seine Stimme verstärkt schroff, aber auch nervös; in der Drohung schien ein irrwitziges Flehen mitzuschwingen.
Im Gegensatz dazu war die Stimme seines Sohnes nur spöttisch.
»Hallo, Vater, lieber Vati? Wenn du das hörst, bin ich weg und fort – du wirst also die Annehmlichkeiten des Hauses ganz allein genießen können. Ganz einsam und allein, wird das nicht schön für dich sein, Vati? Du kannst den Bohnerbesen benutzen, den Mixer, den Staubsauger, den Geschirrspüler, den Müllschlucker – *den* solltest du wirklich benutzen, Vati, der ist genau das, was du brauchst – du kannst fernsehen, du kannst Radio hören, du kannst

sogar als besonderes Vergnügen meine Platten hören. Das macht doch *Spaß,* oder? Du kannst dir eine tolle Lasagne kochen und dich mit deiner Heizdecke ins Bett verkriechen. Aber bevor du zu Abend ißt, würde ich an deiner Stelle in den Geschirrspüler schauen, Vati, weil die alte neugierige Mrs. Tredinnick vielleicht ihre Katze sucht und weil die vielleicht da hineingeraten ist. Du weißt doch, wie Katzen sind, Vati. Stimmt's? Stimmt. Also, mach's gut. Alles Liebe von Simon.«

Das Tonband war abgelaufen und fing an zu quietschen. Dann schaltete es sich aus.

Ich kann das nicht wirklich gehört haben, dachte er nach einem Augenblick. Ich muß es mir eingebildet haben. Das Band kann nicht eingeschaltet gewesen sein, weil wir keinen Strom haben.

Er versuchte noch mal zu telefonieren. Die Leitung war immer noch tot. Er tastete sich zurück in die Küche und rief:

»Celia. He, Celia?«

»Was?« Ihre Stimme kam von der Garderobe an der Hintertür. Sie klang gedämpft, als zöge sie sich etwas über den Kopf.

»Haben wir immer noch keinen Strom?«

»Nein, alles ist dunkel. Ich gehe zu Mrs. Tredinnick und leih ein paar Kerzen.«

»Gehst du zu Fuß?«

»Bei diesem Wetter? Soll das ein Witz sein? Nein, ich nehme den Wagen. Wenn sie keine hat, wecke ich die Leute vom Laden.«

»Kommst du zurück?« Er verabscheute den bittenden Ton in seiner Stimme.

»Ja.« Aber meinte sie es auch? Er war davon nicht überzeugt.

Die Haustür schlug zu. Sofort nach dem Knall hörte er ein anderes Geräusch: das Klagen einer Katze, den lauten, durchdringenden, verzweifelten, jammernden Schrei einer Katze, die in einer Kiste oder einem Korb eingeschlossen ist und voll panischer Angst

heraus will. Das ganze Haus schien von dem Miauen widerzuhallen.
Thomas haßte Katzen – er konnte sie weder in seiner Nähe noch überhaupt im Haus ertragen. Das hatte den Kindern früh erklärt werden müssen. Sie hatten immer wieder gebettelt, daß sie junge Katzen behalten durften, die Nachbarn, die davon nichts wußten, ihnen angeboten hatten. Einmal hatte Simon tatsächlich eine nach Hause gebracht; er mußte sie zurückbringen.
Thomas ging zur Haustür, öffnete sie und rief: »Celia. Celia! Wart einen Augenblick. Die Katze dieser verdammten alten Frau *ist* hier irgendwo. Komm zurück!«
Doch die einzige Antwort war das Motorengeräusch, das über dem Heulen des Windes kaum zu hören war.
Er ging zurück in die Küche. Und jetzt schien das verängstigte Geschrei der Katze deutlich von einer Stelle zu kommen. Er tastete sich vorbei am Kühlschrank, Herd (der jetzt wieder steinkalt war), an der Waschmaschine, der Schleuder und kam zum Geschirrspüler, der zu vibrieren schien von der Freiheitsgier des darin gefangenen Geschöpfs. Ein Glück, daß niemand die Maschine eingeschaltet hat, dachte Thomas.
Aber warum hatte die Katze nicht zuvor geschrien? Und wie hatte sie fünf Wochen lang hier eingeschlossen überleben können?
Nicht nötig zu fragen, *wer* sie eingesperrt hat, dachte er und zog die vordere Klappe herunter.
Er erwartete, daß ein pelziger Körper an ihm vorbeischießen und fliehen werde. Doch das geschah nicht. Das Heulen dauerte an. War die Katze irgendwie darin festgebunden, gefesselt?
Behutsam, mit tiefstem Widerwillen streckte Thomas vorsichtig die Hand zwischen die Fächer im Inneren der Maschine – und zog sie mit einem Ekel- und Entsetzensschrei zurück, der noch lauter war als das Kreischen des gefangenen Tieres. Er hatte in ein

kaltes, erstarrtes, schleimiges Gemisch aus Pelz und Knochen gegriffen, das schrecklicherweise unter seinen prüfenden Fingern nachgab.
Fluchend sprang er zur Spüle und drehte den Hahn auf, er wollte sich den ekelhaften, abscheulichen Schleim von den Fingern waschen. Doch aus dem Hahn kam kein Wasser. Er mußte in einer Schublade nach einem Handtuch tasten und seine Hände reiben, reiben, reiben. Nichts würde die Erinnerung an diese schreckliche Berührung auslöschen.
Jetzt schien die ganze Küche voll von dem Gestank nach nassem Fell und Katzenurin zu sein. Und jetzt wußte er, was dieser verrückte, bösartige, rachsüchtige Junge gemeint hatte, als er sagte: »Den Müllschlucker solltest du wirklich benutzen, Vati – der ist genau das, was du brauchst.«
Wie konnte Simon so etwas *tun*? Ein Junge, der Katzen geliebt hatte?

Im dunklen Dorf klopfte Celia vergeblich an die Tür von Mrs. Tredinnicks Häuschen. Ein Nachbar, der mit einer Taschenlampe vorbeikam, sagte ihr: »Hier treffen Sie keinen an, meine Liebe. Haben Sie es denn nicht gehört? Die alte Frau ist im Teich ertrunken, am Rand vom Moor, letzten Freitag in dieser schwarzen, nebeligen Nacht. Man nimmt an, daß sie draußen war, um ihre Mieze zu suchen . . .«

Und in der pechschwarzen Küche des Landhauses stand Thomas steif vor Entsetzen und hörte, wie die Stimme des Windes sich langsam legte. Doch an ihrer Stelle erhoben sich drohend im Haus die Geräusche einer von Menschen geschaffenen Kraft. Der Kühlschrank summte und stotterte, die Schleuder brüllte, der Staubsauger heulte, das Telefon klingelte schrill, der Mixer

klapperte, der Müllschlucker rumpelte, und aus den Lautsprechern des Plattenspielers schrie es in klirrender Lautstärke:
»*Gib mir,* GIB MIR, *GIB MIR* alles, was du mir *VERSPROOO-CHEN* hast . . .«
Thomas riß die Haustür auf und rannte hinaus, seine eigene Dunkelheit nahm er mit.

MRS. CONSIDINE

Im Laden roch es nach feuchten Ziegelsteinen; außerdem nach all den Dingen in den großen viereckigen Schubfächern – Grieß, Reismehl, gemahlenen Mandeln, getrockneten Aprikosen, Kaffee; außerdem nach Sackleinen; nach Schinken, Kerosin und Schuhcreme; außerdem nach feuchten Kleidern.

Julia starrte die Ziegel auf dem Boden an, die alle unterschiedlich waren. Manche hatten eine leichte Einbuchtung, andere wölbten sich nach oben. Einer oder zwei waren rauh, wie gekräuselt; sie waren ihr alle vertraut, genau wie die Astlöcher an der Thekenkante, an die sich so viele Kunden gelehnt hatten, daß sie glattpoliert war. Sie steckte ihren Finger in ein Loch, das genau paßte, und summte tonlos vor sich hin, ein sommersprossiges, untersetztes Kind in einem grünen Mantel und Hosen. Sie buchstabierte sich die Wörter vor, die auf der glänzend roten Waage standen, »Berkel Präzisions-Waage«, und die bezaubernden Namen auf der niedrigen Reihe von Bonbongläsern – Seidenkissen, Sommerfruchtdrops, Himbeernektar, Mandelbruch, Gletscherminz.

»Und das ist Julia.« Ihre Mutter schob sie sanft, die Hand auf ihrer Schulter, nach vorn.

»Oh«, sagte Mrs. Considine in ihrem weichen irischen Dialekt, »ich dachte zuerst, du wärst ein kleiner Junge.«

Julia beachtete Mrs. Considine nicht. Ihre ganze Aufmerksamkeit galt einem großen Hund mit langhaarigem gelbweißem Fell, der jetzt aufstand und aus der dunklen Ecke des Ladens hervorkam.

»Julia hat Angst vor Hunden«, erklärte ihre Mutter.
»Ach, du muß dich nicht fürchten«, sagte Mrs. Considine und legte Julia die Hand auf den Kopf. »Das würde Rufus gar nicht gefallen. Er ist sanft wie ein Lamm. Und du kommst also zu mir und lernst Kreuzstiche?«
»Ja«, sagte Julia schüchtern, doch sie wandte den Blick nicht von Rufus.
Sie hatte einen immer wiederkehrenden Alptraum, aus dem sie schwitzend und zitternd vor Angst aufwachte, unfähig, ihre Zunge zu einem Hilferuf zu bewegen. Sie träumte von einem riesigen schwarzen Hund mit Augen wie heiße Kohlen und bösartig aussehenden Zähnen, die wie die Zacken zweier Bergketten übereinanderlagen. Er kam langsam durch eine enge Schlucht auf sie zu und heulte schrecklich, während sie wie gelähmt dastand und sich nicht regen konnte.
Doch gestern nacht war der Traum unterbrochen worden: Ein Retter war den Abhang heruntergesprungen, ein zotteliges Tier wie aus einem Wappen geschnitten, mit zitronenfarbenem und weißem Fell, einem langen, spitzen Kopf und federigem Schwanz, das den Schrecken vertrieben hatte. Und jetzt, wo sie Rufus sah, erkannte sie in ihm das Tier aus ihrem Traum. Zum unsäglichen Erstaunen ihrer Mutter ging sie einen Schritt vor und legte ihm die Hand auf den Kopf, während er sie aus seinen weisen goldenen Augen anschaute.
»So ist es tapfer«, lobte Mrs. Considine. »Kommst du jetzt mit Rufus und mir nach hinten zum Tee?«
»Ja«, sagte Julia, und ihre Mutter konnte nur staunen, als ihr mürrisches, schüchternes Kind ohne einen Blick zurück glücklich Mrs. Considine folgte.
Das Haus lag am Fuß eines Hügels hinter einem Tunnel aus Bäumen; es war groß, lorbeerumstanden und häßlich, im viktoria-

nischen Stil erbaut mit schweren Giebeln und Balken, alles mit einem dicken, staubigen Orangebraun bemalt; doch drinnen war es voller Frieden und Licht. Fast alles war gelb oder blau, und es roch köstlich nach Wolle und handgewebten Stoffen, Bast, Stroh und Vollkorngebäck. Selbst das Essen hatte eine gelbliche Farbe, wahrscheinlich, weil es vegetarisch war und viele Nüsse enthielt.

Bald fing Julias Mutter an zu schimpfen, daß sie nie zu Hause sei; sie müsse *wirklich* zum Mittagessen heimkommen und nicht jedesmal bei Mrs. Considine bleiben, wenn sie zu ihr zum Sticken ging. Julia versprach es und vergaß ihr Versprechen jedesmal.

Es dauerte einige Wochen, bis Julia Mrs. Considine selbst richtig bemerkte und nicht nur das außerordentliche Gefühl von Behagen, Stärke und Ruhe, das sie ausstrahlte. Dann erkannte sie eine kleine, gedrungene, weißhaarige Frau, die immer weite blaue Kleider, dicke Strümpfe und schwarze Schnürschuhe trug. Ihre Augen waren glänzende blaue Dreiecke, und stets hielt sie eine Handarbeit in ihren winzigen, abgearbeiteten Händen – Wollblumen, Bastmatten, Perlen –, oder sie saß gebückt wie eine Zauberin an ihrem Spinnrad und trat mit dem Fuß das Pedal, während ihre Finger das lange, wirre Wollgefaser zu einem dünnen, gleichmäßigen Faden drehten. Julia saß dann mit ihrer Stickerei auf einem Schemel und lauschte Mrs. Considines Bemerkungen, die von Zeit zu Zeit aufblitzten wie helle, sprühende Leuchtkugeln.

Eines Morgens, als Julia mit ihrer Handarbeitstasche ins Haus kam, saß Mrs. Considine nicht wie gewöhnlich am großen Erkerfenster. Julia folgte dem Geräusch von Stimmen in die warme, gekachelte, blitzsaubere Küche. Dort saß Ivy, das Dienstmädchen, den Kopf in ihren Armen auf dem Küchentisch geborgen; sie hatte einen Fuß auf einen Schemel gelegt, und Mrs. Considine betrachtete ihn ernst.

»Du bist verrückt, wenn du damit tanzt«, erklärte sie. »Verrückt, das sag ich dir!«
»Ich muß hin«, sagte Ivy stumpf. »Ich muß einfach.« Sie hob den Kopf, und Julia sah, daß ihr Gesicht tränenverschmiert war.
»Kann der junge Mann nicht warten?« fragte Mrs. Considine spöttisch.
»Nein!« gab Ivy zurück. »Ruth ist hinter ihm her, und sie kriegt ihn auch, wenn ich nicht da bin. Verstehen Sie das nicht? Ich muß hin.« Sie sah Mrs. Considine so flehend an, wie es mit ihrem normalerweise mürrischen, grüblerischen Gesicht möglich war.
»Na gut«, sagte Mrs. Considine nachdenklich und griff nach dem Knöchel. »Ich werde ihn dir jetzt ein bißchen massieren, und heute nachmittag fahren wir nach Ledenham und kaufen dir ein Paar Schuhe mit flachen Absätzen, die werden viel besser sein als die verrückten Dinger, die du trägst, und vielleicht hilft das. Aber denk daran, es ist die reine Torheit, und wenn du auf meinen Rat hörst, dann tanzt du nicht – setz dich mit dem jungen Mann auf den Balkon, wenn es einen gibt.« Sie warf Ivy einen blauen, blitzenden Blick zu.
»O ja, bestimmt«, versprach Ivy eifrig vor Dankbarkeit, ihr blasses Gesicht war von Hoffnung verzerrt.
Da bemerkte Julia, daß sie eine neue Frisur hatte, die ihr Aussehen völlig veränderte. Mit ihrem glatten braunen Haar hatte sie an Jeanne d'Arc erinnert, jetzt war es zu sinnlosen Locken gekräuselt.
Sie nahmen Julia mit nach Ledenham, und sie schaute zu, wie Ivy mürrisch Mrs. Considines Ermahnungen befolgte und ein Paar flache, weiße Satinschuhe kaufte. »Die kannst du auch bei deiner Hochzeit tragen«, bemerkte Mrs. Considine. Ihr Anblick, schmal und glänzend in der mit Seidenpapier ausgeschlagenen Schachtel, erinnerte Julia an ihren Traum in der vergangenen Nacht: Sie

hatte Ivy mit weißen Füßen in der Kirche tanzen sehen. Mrs. Considine beobachtete sie unbeteiligt aus einer Kirchenbank, und Julia sah, daß von Ivys Füßen Blut tropfte; sie tanzte auf Messerklingen wie die kleine Seejungfrau.

Eine Woche später zeigte Ivy einen Verlobungsring mit einem Saphir, den ihr Dick Shepherd, der Bote des Bäckers, geschenkt hatte.

Mrs. Considine betrachtete den Ring mit gutmütigem Spott. »Hast du mit ihm auf dem Balkon gesessen?«

»Er hat mich im Lieferwagen nach Hause gebracht, damit ich meinen Knöchel schone«, antwortete Ivy kurz.

Mrs. Considine stellte ihr Haus für das Hochzeitsfest zur Verfügung, das großartig war. Brautjungfern waren Julia und Ruth, Ivys Schwester, die ein lavendelfarbenes Chiffonkleid mit silberner Schleife trug und von Julias Mutter bedauert wurde. Der Champagner floß, doch Julia fand, das Fest strahle und glitzere von einem Haß, wie sie ihn nie zuvor erlebt hatte.

Während die Familien der Braut und des Bräutigams fein herausgeputzt in ihren Seidenkleidern und pflaumendunklen besten Anzügen durch die Räume streiften, wurde deutlich, daß sie einander verabscheuten. Ruth sprach kein Wort und schaute mit ihren blassen Augen unverwandt den Bräutigam an. Ivy sah mürrisch und unglücklich aus in ihrem weißen Kleid mit dem grünen Kranz; sie und Dick schienen durch Mißtrauen und Abneigung aneinander gebunden; sie folgte ihm ständig mit wachsamem Blick.

Julia hörte zufällig ein Gespräch zwischen Mrs. Considine und dem Vikar.

»Herzlichen Dank für die Altardecke«, sagte er. »Sie und Ihre Damen haben ein prächtiges Stück Arbeit geleistet.«

»Oh, das war eine Kleinigkeit.« Sie schob seinen Dank beiseite.

»Es ist gut, wenn sich die Frauen im Dorf zu irgendwas zusammensetzen – egal, was es ist.«
»Und wann werde ich Sie zum Bewundern der Decke in der Kirche sehen?« fragte er scherzend.
»Wenn ich im Sarg liege.« Ihr entschiedener Ton beeindruckte Julia, der jetzt einfiel, daß sie Mrs. Considine außer im Traum nie in der Kirche gesehen hatte.
»Fürchten Sie nicht, zur Hölle zu fahren, meine Liebe?«
»Großer Gott, nein. Reden Sie nicht solchen Unsinn. Warum sollte ich mich davor fürchten, wenn es einen solchen Ort gar nicht gibt? Genausowenig wie den Himmel, was das angeht. Und tun Sie nicht so, als wären Sie entsetzt, Mr. Dale. Sie kennen meine Ansichten.«
»Was meinen Sie, wie ich lache, wenn Sie dort oben dennoch eingelassen werden.«
Sie schüttelte mißbilligend den Kopf, bevor sie sich Ivys Mutter zuwandte und mit ihr ein Gespräch begann.
In der ersten Zeit nach ihrer Hochzeit sollte Ivy weiter bei Mrs. Considine arbeiten; doch sie veränderte sich sehr. Sie wurde immer launischer und unfreundlicher, und Julia gab es bald auf, in der Küche zu helfen. Statt dessen ging sie hinaus und plauderte mit dem alten Wickenden, dem Gärtner. Die Blumenausstellung stand bevor, und wie jedes Jahr war er mit hektischen Vorbereitungen dafür beschäftigt, die diesmal dadurch erschwert wurden, daß er Rheumatismus in den Händen hatte und ihm die Arbeit immer mühseliger wurde.
Eines Tages traf Julia ihn im Garten, als er fast weinte vor Ärger über seine Behinderung; Mrs. Considine hielt seine Hände und betrachtete sie mit der üblichen ernsten Konzentration.
»Es geht um die Dahlien, Mrs. Considine«, sagte er. »Alles kann ich ertragen, nur nicht, mit meinen Dahlien besiegt zu werden; sie

haben immer den ersten Preis bekommen. Ich habe gehört, dieser neue Mr. Gillies im roten Haus ist darauf versessen, mit seinen zu gewinnen; er hat die Gewächshäuser elektrisch beheizt, und zwei oder drei Männer arbeiten dort. Oh, ich leide sehr darunter, daß ich nicht mehr arbeiten kann wie früher.«

»Sie müssen sich nicht so viel draus machen, Mr. Wickenden«, sagte Mrs. Considine. »Wir alle werden eines Tages alt. Aber ich will diese Hände ein bißchen reiben und sehen, was ich für sie tun kann, zumindest für diesen Sommer. Wenn Sie noch einmal den Dahlien-Pokal bekämen, wären Sie dann zufrieden?«

Am Abend vor der Ausstellung half Julia Mr. Wickenden, seine Blumen in die Dorfhalle zu bringen, die bereits nach Gemüse duftete: Da waren riesige perlenfarbige Zwiebeln, Berge glänzend geschrubbter Kartoffeln, mächtige Kürbisse, aufgetürmtes Grün, das Blumengesteck des Frauenvereins und die großen Feldblumensträuße, die Schulkinder gepflückt hatten. Mr. Wickendens geriffelte, gekräuselte Dahlien in Zitronengelb, Weiß und Ziegelrot bekamen einen Ehrenplatz, und Julia dachte, während sie ihren bitteren Herbstduft einsog, wie seltsam sie waren, wie anders als die wirklichen Blumen, die Rosen und Wicken in den Kristallvasen.

In dieser Nacht träumte sie von Mr. Wickenden, der auf dem Rücken lag und nachdenklich lächelte wie immer, wenn er ein wohlgeratenes Produkt aus seinem Garten betrachtete. »Ah, die ist großartig, wirklich«, sagte er dann und fuhr mit einem erdigen Daumen über die feste, rötliche Haut einer Tomate. »Aber nächstes Jahr werden wir noch schönere haben.«

Er wurde von vier Engeln direkt hinaufgetragen. Sie waren in Gewänder gekleidet, die so gleichmäßig gefältelt waren wie die Dahlienblätter, und sie hatten große Flügel im gleichen sanften Ziegelrot, die Mr. Wickenden umhüllten wie einen Baldachin. Als die Engel ihn hochhoben, fiel ihm der Pflanzenheber aus der Hand und landete klirrend vor Julias Füßen.

Sie erinnerte sich an diesen Traum, als Mr. Wickenden am nächsten Nachmittag mit breitem, fröhlichem Lächeln zum Podium ging, um seinen ersten Preis entgegenzunehmen. Er nahm den Silberpokal in beide Hände, dann verzerrte sich plötzlich sein Gesicht, der Pokal entglitt ihm, und er drehte sich halb um und fiel wie ein krumpeliger Haufen schwarzen Wolltuchs Sir Godfrey zu Füßen. Entsetzen machte sich breit; die Angehörigen des Komitees eilten herbei, um ihm aufzuhelfen; aber er war schon tot.

Mrs. Considine erholte sich nie ganz von Wickendens Tod. Julia begleitete sie an diesem Abend nach Hause, doch sie ging, als ihr befohlen wurde: »Lauf jetzt, Kind, geh schon. Gute Nacht.« Sie warf besorgte Blicke zurück auf die zusammengeduckte Gestalt, die im Schatten am Fenster saß und die Hände rang.

Julia ging weiter zu ihren Handarbeitsstunden, doch sie merkte, daß Mrs. Considines gedrungene Gestalt zerbrechlich wurde, daß ihre Augen dunkler in einem weißeren, durchfurchteren Gesicht brannten und daß ihre Hände wie winzige Klauen wurden. Sie wirkte verschlossen, ging nie auf Julia zu und berührte sie auch nicht, obwohl ihr die Besuche offensichtlich Freude machten und Julia auch hin und wieder noch eine Mahlzeit aus Nußpastetchen, trockenen Vollkornhörnchen und Löwenzahnsalat mit ihr teilte.

Eines Nachts träumte Julia von Mrs. Considine.

Aufrecht und gerade wie einst ging sie zuversichtlich einen schmalen Pfad entlang. Sie erreichte ein dunkles, zweiflügeliges Tor, blieb einen Augenblick stehen und betrachtete es in der Dämmerung, dann klopfte sie energisch, und als sich die Flügel öffneten, ging sie hindurch, ohne noch einmal zurückzuschauen.

Am nächsten Tag wartete Julia halb furchtsam, halb sehnsüchtig, bis es Zeit war für ihre Handarbeitsstunde. Was hatte der Traum bedeutet? Was würde Mrs. Considine tun?

Fünf Minuten zu früh lief sie den Hügel hinunter, und so erreichte der Telefonanruf sie nicht mehr. Ihre Mutter wandte sich mit einem entsetzten Ausruf vom Telefon ab und hörte das Geräusch von Julias Schritten, die den Hügel hinunterklapperten, unter den dichtbelaubten Bäumen hindurch.

WER GEHT DURCH DIESE DUNKLE SCHLUCHT?

Wenn ich an mein erstes Gespräch mit Mrs. King denke, kommt es mir eigentümlich vor, daß ich keinerlei Vorahnung hatte, es nicht als Warnung empfand – und doch, wie hätte ich das voraussehen können? Wenn ich gewußt oder geahnt hätte, daß man mich hierher bringt – daß es mit diesem lästigen Eingesperrtsein endet, weil ich mich eingemischt hatte –, dann hätte ich mich zurückgehalten. Aber ich wußte es nicht.

Amanda King hatte keinen besonderen Eindruck auf mich gemacht, außer daß sie ein sehr *braves* kleines Mädchen war. Unter den Kindern in der Anfängergruppe zeichnete sie sich weder durch Intelligenz im Unterricht noch durch Lebhaftigkeit aus; sie hatte nicht die spontane Munterkeit und den Witz, die an manchen kleinen Kindern auffallen, sie war auch in keiner Weise bemerkenswert, wenn die Kinder spielten oder sangen oder etwas aufführten oder Geschichten erzählten. Aber als Mrs. King mich aufsuchte, war mir bereits klar, daß Amanda ein besonders zuverlässiges und angenehmes Mädchen in der Gruppe war. *Zuverlässig* scheint eine seltsame Bezeichnung für eine Sechsjährige zu sein, doch Zuverlässigkeit war Amandas hervorstechende Eigenschaft. Sie war immer pünktlich, höflich und freundlich; sie hatte wirklich bezaubernde Manieren. Zuerst hatte ich angenommen, daß Mrs. King die täglichen – und sehr geschmackvoll zusammengestellten – Blumensträußchen veranlaßte, die manchmal aus dem Garten der Kings kamen, manchmal von der Wiese;

doch allmählich erkannte ich, daß sie Amandas eigene Idee waren. Ihr Äußeres war in keiner Weise auffallend, doch sie hatte etwas Nettes und Hübsches an sich: Ihre dunkelblaue Schulschürze und die weiße Bluse waren immer sauber und frisch, ihr helles, glänzendes Haar war schön gebürstet und ordentlich geflochten, ihre großen grauen Augen folgten ernst und aufmerksam allem, was geschah. Sie wirkte wie eine Musterschülerin, und obwohl sie in keinem Fach außer Rechtschreibung und Betragen je unter den ersten war, hielt ich es für unwahrscheinlich, daß sie ihren Eltern oder Lehrern den geringsten Kummer machen würde.

Es war deshalb eine ziemliche Überraschung, als Mrs. King sichtbar beunruhigt mich eines Nachmittags nach der Schule aufsuchte. Ich stellte gerade das Modell eines Sachsendorfes auf, das ich der Mittelstufe am nächsten Tag zeigen wollte.

»Oh, Mr. Thorneycroft, es tut mir so leid, daß ich Sie belästigen muß, wo ich doch weiß, wieviel Sie für die Kinder tun. Aber ich und Mr. King machen uns solche Sorgen um Amanda, wir wissen gar nicht, was wir tun sollen.«

»Um *Amanda*?« Ich war wirklich erstaunt. »Aber sie ist das bravste kleine Mädchen in der Schule.«

»Ich weiß, Mr. Thorneycroft, und so ist sie auch immer zu Hause gewesen, aber neuerdings ist irgendwas in sie gefahren; etwas – also, was Seltsames. Sie ist so aufsässig geworden, das können Sie sich nicht vorstellen!«

»Nun, selbst die bravsten Kinder machen unangenehme Phasen durch«, fing ich unbestimmt zu trösten an. »Wie äußert sich das bei Amanda, Mrs. King?«

»Es hat mit ihrem Haar zu tun.«

»Ihrem Haar?«

Dann fiel mir ein, daß seit ein oder zwei Wochen Amandas Haare nicht mehr so glänzten und so ordentlich geflochten waren wie zuvor. Und gerade an diesem Morgen, erinnerte ich mich jetzt, hatte ich gesehen, daß Amandas kornblonde Zöpfe abgeschnitten waren und ihr das Haar lose und ziemlich kurz um das kleine ernste Gesicht hing. Ich hatte irgendeine Bemerkung darüber gemacht, und sie hatte gesagt: »Mam findet, daß kurze Haare leichter in Ordnung zu halten sind.«

Das Kind neben ihr, Lily Thatcher, hatte gerufen: »Du solltest die Zöpfe unter das Kopfkissen stecken, Mandy, dann träumst du von dem Mann, den du mal heiratest!« Darauf hatten alle gelacht, aber Amanda hatte merkwürdigerweise, wie mir jetzt einfiel, gesagt, daß sie ihre Zöpfe im Garten vergraben habe.

»Was ist mit ihrem Haar, Mrs. King?«

»Also, Mr. Thorneycroft, ich weiß gar nicht, wie ich es sagen soll, damit Sie nicht denken, ich oder das Kind wären verrückt . . .«, ich bemerkte erstaunt, daß die so gelassen wirkende Mrs. King Tränen in den Augen hatte, ». . . aber sie bildet sich ein, daß Leute in ihren Haaren wohnen.«

Verschiedene Möglichkeiten schossen mir durch den Kopf. Vorsichtig sagte ich: »Wissen Sie genau, Mrs. King, daß es sich nicht um einen einfachen Fall von Nissen, von Kopfparasiten handelt – so etwas?«

»Mr. Thorneycroft! Wie können Sie so was bloß denken? Es gibt ein paar Familien im Dorf, denen würde ich das schon zutrauen, aber meine Amanda ist immer sehr sauber gewesen – ich habe ihr selber jeden Samstagabend die Haare gewaschen, seit sie auf der Welt ist.«

»Ich muß zugeben, ihre Haare sehen immer wunderbar sauber aus«, sagte ich rasch. »Nun, wenn das so ist, glauben Sie dann nicht, daß sie sich irgend etwas in dieser Art *vorstellt*? Kinder haben manchmal ganz seltsame Sorgen . . .«

»Nein, nein, so etwas ist es nicht. Nein, es sind *Leute,* sagt sie, die auf ihrem Kopf leben. In ihrem Haar. Sie sagt . . .«, Mrs. Kings Stimme schwankte, »sie sagt, für die ist es wie ein Wald.«
»Sie macht ein Spiel mit Ihnen, Mrs. King«, sagte ich. »Sie tut nur so, als ob. Ich weiß noch, als ich ein Junge war, hatte ich einen eingebildeten Bären – oh, jahrelang habe ich ihn mit mir herumgetragen!«
»Vielleicht ist es ein Spiel, Mr. Thorneycroft, aber für sie ist es todernst«, sagte Mrs. King besorgt. »Jeden Tag habe ich eine verdammte Arbeit damit, entschuldigen Sie, ihr die Haare zu bürsten. ›*Mach* das nicht, Mam, du treibst sie aus dem Wald‹, sagt sie und schreit und schreit; es macht meinen Joe ganz verrückt, er hat ihr mit einer ordentlichen Tracht Prügel gedroht, wenn sie nicht vernünftiger wird. Und seit neuestem, Mr. Thorneycroft – oh, ich mache mir die schlimmsten Sorgen, ob es nicht was Psychisches wird!« Jetzt brach Mrs. King fast in Tränen aus. »Sie redet solchen Unsinn! Über Triumphwagen und Tempel und heilige Steine und Armeen und Seestreitkräfte – lauter Quatsch, wirklich. Und manchmal hat das, was sie sagt, überhaupt keinen Sinn, es ist wie eine Geheimsprache, man versteht kein Wort, und sie redet stundenlang so.«
»Haben Sie das gegenüber Dr. Button erwähnt?«
»Ja, das hab ich, Mr. Thorneycroft – ich habe Amanda nicht mit in die Sprechstunde genommen, weil ich sie nicht erschrecken wollte, ich habe es ihm nur erzählt, und er hat mich richtig angefahren und gesagt, daß sie ein ganz gesundes Kind ist, und ich soll ihn nicht mit Kinderphantastereien belästigen.«
Das klang plausibel. Vorsichtig sagte ich: »Nun, was soll ich Ihrer Meinung nach tun, Mrs. King?«
»Oh, wenn Sie nur mit Amanda ein bißchen darüber *reden* könnten! Sie hält so viel von Ihnen, wenn Sie ihr nur zureden

könnten, daß sie sich diesen Unsinn aus dem Kopf schlägt . . .«
»Das haben Sie sehr gut ausgedrückt, Mrs. King.«
Sie sah mich recht verständnislos an, und ich versprach ihr, mein möglichstes zu tun. »Vielleicht mache ich mit Amanda einen Spaziergang, Mrs. King, morgen, nach der Schule – ich könnte sie bitten, mir zu zeigen, wo sie ihre schönen Blumensträuße pflückt. Dann wirkt es nicht wie ein feierliches Gespräch.«
»Oh, Mr. Thorneycroft, ich weiß gar nicht, wie ich Ihnen danken soll . . .«
Ich machte sie darauf aufmerksam, daß ich noch nichts getan hatte, aber als sie ging, war sie offensichtlich erleichtert, die Verantwortung weitergegeben zu haben, wenn auch nur vorübergehend.
Am nächsten Nachmittag war Amanda ernst und höflich damit einverstanden, mit mir zur Gemeindewiese zu gehen und mir zu zeigen, wo sie ihre Himmelsschlüssel und ihr Wiesenschaumkraut pflückte. Ich fand, es habe keinen Sinn, die Sache auf die lange Bank zu schieben, und sobald wir aus dem Dorf waren, sagte ich: »Deine Mutter hat mich gebeten, mit dir zu reden, Amanda, über diese Idee, die du da hast – äh, daß Leute in deinen Haaren wohnen.«
Sie sah mich ruhig mit einem überraschend erwachsenen Ausdruck in ihren grauen Augen an und sagte: »Ja, das hab ich mir gedacht.«
Ich sagte freundlich, denn ich wollte nicht mitleidlos oder spöttisch wirken: »Was für Leute sind das, Amanda?«
Sie antwortete sofort: »Das ist ein gallischer Stamm, die Veneter. Verstehen Sie, sie wurden bei einer großen Seeschlacht von den Römern besiegt und aus ihrer Heimat vertrieben. Sie haben eine neue Stadt gebaut, aber die wurde zerstört – sie versank im Meer. Und da haben sie soviel von ihrer Habe mitgenommen, wie sie

konnten – und jetzt wohnen sie in meinem Haar. Es kommt ihnen vor wie ein Wald, verstehen Sie?«

Ich war überrascht, um es gelinde auszudrücken.

»Aber Amanda – woher weißt du etwas über die Veneter?«

»Ich kann sie hören«, sagte sie sachlich. »Wenn sie reden. Durch meinen Schädel.«

»Aber sie haben vor langer Zeit gelebt! Vor über zweitausend Jahren.«

»Ich nehme an, die haben sie irgendwie rasch hinter sich gebracht. Manche Leute machen das schneller als andere.«

Ich sagte: »Aber wie sind sie alle auf deinen Kopf gekommen? Sie waren ausgewachsene Menschen – ein ganzer Stamm. Wie kamen sie alle auf einem kleinen weizenfarbenen Kopf unter?«

Sie warf mir einen Blick zu, der der Ungeduld so nahe kam, wie es ihre natürliche Höflichkeit erlaubte.

»Verstehen Sie nicht, Dinge wirken verschieden groß, wenn sie an verschiedenen Orten sind. Wenn ich Sie in weiter Ferne sehe, dann sehen Sie klein aus, nicht wahr? Oder wenn Sie neben einem riesigen Ungeheuer stehen würden.« Ihre Augen weiteten sich, und mir fiel ein, daß sie trotz allem erst eine Sechsjährige war. Das Wort *relativ* war ihr vermutlich unbekannt.

»In welcher Sprache reden sie, diese Leute, Amanda?«

Die Geschichte, die sie sich ausgedacht hatte, war bisher wunderbar zusammenhängend; ich überlegte, wo sie etwas über die Veneter gelesen oder gehört haben könnte, die, soweit ich mich erinnerte, von Cäsar in Britannien besiegt worden waren.

»Nun, sie sprechen zwei Sprachen«, sagte sie.

»Kannst du dich an ein paar Worte erinnern?«

Sie sagte irgendwelche Wörter her, Wörter, die mir unverständlich waren, voller X- und Ch-Laute; ich wurde zunehmend interessierter und erinnerte mich an medizinische Fälle von Glos-

solalie, von »in Zungen sprechen«, die manchmal bei religiösen Fanatikern oder psychisch Kranken auftritt – aber bei einem sonst ganz sachlichen sechsjährigen Mädchen?
»Und die andere Sprache?«
Da verblüffte sie mich völlig, indem sie antwortete: »Una salus victis nullam sperare salutem« (es gibt nur ein Heil für die Besiegten, nicht auf das Heil zu hoffen).
»Großer Gott, Amanda! Wo hast du das gehört?«
»Einer von denen da oben hat es gesagt.« Sie deutete auf ihre flachsfarbenen Locken.
»Kannst du dich an noch etwas erinnern?«
»Quid nunc it per iter tenebricosum . . .«
»Illuc«, stimmte ich ein, »unde negant redire quemquam.«
»Kennen Sie das auch?« Ihre Augen sahen mich fragend an.
»Ich habe es gehört, ja. Wie hieß die Stadt der Leute, Amanda – die Stadt, die im Meer versank?«
»Sie hieß Is.«
»Kennst du die Namen der Götter, die sie verehren?«
»Sie dürfen nicht ausgesprochen oder aufgeschrieben werden. Es gibt ein Schlangenei, das in die Luft geworfen werden muß.«
»Und dann fängt man es in einer weißen Decke auf?«
»Ja. Aber im Moment sind ihre heiligen Männer sehr besorgt«, sagte sie stirnrunzelnd – sie sah absurderweise ganz wie ihre Mutter aus.
»Warum sind sie besorgt, Amanda?«
»Sie haben Zeichen von – von denen, die in die Zukunft sehen können – daß wieder etwas sehr Schlimmes geschieht – und daß sie wieder weiterwandern müssen mit ihrem Kreis aus heiligen Steinen und allen Leuten und allen Sachen. Oh!« rief sie und griff mit beiden Händen an ihren blonden Kopf. »*Hoffentlich* schneidet Mam mir nicht alle Haare ab! Sie hat gesagt, vielleicht macht sie

es! Bitte sagen sie ihr, daß sie es nicht tut, Mr. Thorneycroft!«
»Gut, Amanda – mach dir keine Sorgen, ich sag es ihr.«
»Sehen Sie«, sagte sie und wurde wieder fröhlicher, »hier wachsen die Himmelsschlüssel.«
Wir pflückten beide einen Strauß und machten uns auf den Heimweg. Ich war sehr still und nachdenklich. Amanda hatte mein Versprechen, daß ich mit ihrer Mutter wegen des Haareschneidens reden würde. Sie hüpfte jetzt mit ihrem Strauß Himmelsschlüssel recht übermütig neben mir her und summte etwas mit ihrer unmelodischen, kleinen Stimme, die aber nicht unangenehm war.
Ich machte mir natürlich Gedanken, was ich tun sollte, und achtete kaum darauf, wo ich ging. Deshalb hörte ich das Auto erst, als es direkt hinter uns war.
Am Steuer saß der junge Tunichtgut Colin Gaddock, der an der Tankstelle in Maynards Cross arbeitet; er fährt immer mit irrem Tempo nach Hause, ganz versessen darauf, zu seinem Feierabendvergnügen zu kommen. Der Außenspiegel verfing sich in der Jacke des Kindes, als er an uns vorbeischoß. Amanda schrie und wurde fünfhundert Meter die Straße entlanggeschleift, ehe er halten konnte.
Er sitzt jetzt wegen Totschlags; ich möchte gern glauben, er hat etwas daraus gelernt, doch ich fürchte, er gehört zu den hoffnungslosen Fällen, die aus dem Gefängnis kommen und genau das gleiche wieder tun.
Die Leute sagten, ich hätte einen Nervenzusammenbruch gehabt, und ich tat allen sehr leid. Aber in Wirklichkeit ist es viel einfacher. Die Veneter sind von Amandas Kopf auf meinen übergesiedelt.
Und ich mache mir jetzt Sorgen, weil ihre Druiden eine weitere Katastrophe vorhersagen.

DER HELFER

Paris an einem Regenmorgen: wie lauter Zinndreiecke. Die nassen grauen Straßen stießen in spitzen Winkeln aufeinander, Rolläden spähten schlitzäugig nach unten, die Stadt spiegelte einen düsteren, nassen Himmel. Es war unfreundlich, abstoßend. Feindselig.

Frost zog wieder den Brief des Professors zu Rat – Charles-Edouard Aveyrand, Mitglied der Akademie, 48, rue Lecluse – und sah, daß er weder ein Taxi noch die Metro brauchte, das Haus war nur einen kurzen Spaziergang vom Gare St. Lazare entfernt. Und ein Spaziergang würde ihm guttun. Nach der Nachtfahrt war er hungrig, steif und durchgefroren bis ins Mark.

Er hätte sich an die Adresse erinnern sollen. Und während er sich auf den Weg machte, fing er an, sich zu erinnern.

»Da ich weiß, daß Sie Beamter des Britischen Patentamts sind«, hatte der Professor in seinem förmlichen steifen Englisch geschrieben, »und eingedenk unserer angenehmen Bekanntschaft vor vielen Jahren, wage ich es, in dieser Angelegenheit um Ihre Hilfe zu bitten. Meine finanzielle Situation ist gegenwärtig beunruhigend, sonst würde ich Sie nicht belästigen. Meine Tochter Menispe bittet Sie höflich, sich an sie zu erinnern, und bedauert, daß die Korrespondenz zwischen den Familien seit dem traurigen Tod Ihrer bezaubernden Tochter abgebrochen ist.«

Während er durch eine eisige Straßenflucht ging, an hohen, schmalen, grauen Häusern vorbei und von Motorrädern belästigt, die ständig neben ihm dröhnten, dachte Frost an Menispe Aveyrand. Da bedurfte es kaum der höflichen Aufforderung, dachte er. Nur zu schnell stand vor seinen Augen das Bild des Mädchens, das in fünf aufeinanderfolgenden Jahren mit Familienanschluß bei den Frosts gewesen war, Englisch gelernt hatte und faktisch eine Adoptivschwester von Louise geworden war. Beide Mädchen waren damals noch Kinder, und das Arrangement, durch einen Schulklub zustande gekommen, erwies sich als so erfolgreich, daß Louise zu den Aveyrands nach Paris ging, wenn Menispe nicht ihre Ferien in England verbrachte.

Mit neun war Menispe ein mageres, verloren wirkendes kleines Geschöpf gewesen mit blassen Sommersprossen, knochigen, scharfen Zügen und einem unerwartet zutraulichen dreieckigen Grinsen auf dem beweglichen Gesicht, das keinen Augenblick lang ruhig war, mit dünnem blondem Haar und klugen haselnußfarbenen Augen. Sie war schon damals witzig, boshaft, aber auch rührend; seit ihrem sechsten Lebensjahr mutterlos, hatte sie sich den Frosts mit leidenschaftlichem Hunger nach Zuneigung angeschlossen wie ein streunendes Kätzchen, dem man die erste Schüssel voll warmer Milch anbietet. Sie und Louise waren unzertrennlich gewesen, hatten einander während des Schuljahrs wöchentlich umfangreiche Briefe geschrieben und die Tage bis zu jedem Wiedersehen gezählt. Frost und seine Frau waren »chère tante Josephine« und »gentil oncle Frank« in Dutzenden von höflichen, pflichtbewußten Dankeschönbriefen gewesen, die immer unterschrieben waren mit »affectueusement, votre belle-fille, Menispe.«

Der letzte Besuch war natürlich der von Louise in Paris gewesen; und danach hatte Menispe nichts mehr von sich hören lassen.

Frost fragte sich gleichgültig, wie sie sich wohl entwickelt habe. Da war doch ein Freund gewesen, nicht wahr? Lucien. Was war aus ihm geworden?

Vielleicht hatte sie ihn geheiratet.
Das Haus, in dem Professor Aveyrand wohnte, war hoch, farblos, häßlich, mit einem Mansardendach und so vielen äußeren Verzierungen in Form von Läden, Eisengittern, Laternen und Balkonen, daß kaum genug Mauer da zu sein schien, um sie zu tragen. Drinnen erkannte Frost den geäderten Marmor wieder und die braune Tapete mit dem Flockenmuster und den entsetzlich langsamen Aufzug mit der schweren Glastür, der nur zwei Personen Platz bot und quietschend von Stock zu Stock fuhr.
In diesem Aufzug war er bei dem letzten Besuch, als er gekommen war, um seine Tochter Louise nach Hause zu holen, zum ersten Mal allein mit ihr gewesen. Sie hatte über seine Schulter in die Ferne gestarrt, als wäre er nicht vorhanden, obwohl sie dicht gedrängt nebeneinander stehen mußten. Als er gesagt hatte: »Ob wir wohl ein Taxi bekommen?« hatte sie ihn ebenso gelangweilt angesehen, als hätte er Mutmaßungen über die Gewinnchancen des konservativen Kandidaten bei den Gemeinderatswahlen von Stockton-on-Tees angestellt.
Numéro Onze, stand in schräger Metallschrift an der Tür; drinnen läutete in einiger Entfernung schrill die Glocke, während er in dem engen, fensterlosen Gang wartete, der nur ellbogenbreit und offenbar von einer Drei-Watt-Birne erleuchtet war.
Nach einer längeren Pause öffnete Professor Aveyrand selbst die Tür. Seit Frosts letztem Besuch war er stark gealtert; er war mager, zittrig, zwergenhaft und gebeugt wie ein alter Nibelunge, den der Duft des Goldes aus seiner Höhle gelockt hatte. Und das, sagte sich Frost streng, war eine ganz und gar ungerechtfertigte Einschätzung. Der Professor war immer ein zerstreuter, weltfremder Mensch gewesen, ganz mit der Vergangenheit und seinen Studien beschäftigt; Geld bedeutete ihm nichts. Wenn er nicht so blind gewesen wäre gegenüber dem, was um ihn herum geschah,

was seine Tochter bei jenem letzten Besuch ausheckte, wäre Frost vielleicht etwas früher geholt worden, und die Katastrophe hätte sich nie ereignet – genug davon.
Inzwischen hatte der Professor ihn zögernd und bedächtig hereingebeten. Sie saßen auf zwei unbequemen Sesseln mit harten braunen Samtpolstern, zwischen ihnen war ein leerer Marmorkamin mit einem Stahlgitter davor. Die Wohnung roch entsetzlich – ungelüftet, staubig und nach etwas Faulendem –, vielleicht waren die Abwasserrohre nicht in Ordnung, oder in der Speisekammer war eine Maus verendet; es sah nicht so aus, als käme je eine Putzfrau hierher.
». . . Seit meiner Pensionierung . . . hinlänglich Zeit, mich meinem Steckenpferd zu widmen«, erklärte der Professor – jedenfalls war er gleich zur Sache gekommen, keine langen Vorreden, das mußte man ihm lassen, dachte Frost. Nun, um so besser, wer wollte schon länger als nötig in dieser düsteren, deprimierenden Wohnung mit den schrecklichen Erinnerungen bleiben? »Natürlich war meine Familie . . .« fuhr der Professor fort. »Hat sich seit Generationen für diese Dinge interessiert . . . Tatsächlich einer meiner Vorfahren im sechzehnten Jahrhundert . . . Abhandlung über Solar- und Planetarenergie . . . ist nur knapp der Hinrichtung wegen Gotteslästerung entgangen . . .«
Frost erwiderte pflichtbewußt das dünne Lächeln des alten Mannes, der hinzufügte: »Zum Glück war Kardinal Richelieu sein Beschützer – die Angelegenheit wurde vertuscht. Natürlich mußte er seine Bücher verbrennen, aber . . . Noch davor . . . Sieur d'Aveyrand im zwölften Jahrhundert . . . hatte Bücher über Alchimie und Physik aus dem Osten mitgebracht – und auch eine Frau, eine maurische Astrologin . . .«
»Tatsächlich«, warf Frost ein und verbarg höflich Gereiztheit und Langeweile. Jetzt fiel ihm wieder ein, wie die zwölfjährige

Menispe übermütig geprahlt hatte: »*Ich* heiße natürlich nach einer Sarazenenprinzessin, die einer unserer Ahnen aus den Kreuzzügen mitgebracht hat. Findest du nicht auch, daß nur die Neureichen ihre Familiengeschichte nicht kennen?« – »Kleiner Snob«, hatte er sie geneckt. – »Non, ce n'est pas snobisme, oncle Frank, c'est pratique!«
»Sie haben die Chronik Ihrer Ahnen höchst löblich bewahrt, Professor«, bemerkte er. »In unserer Familie können wir unsere Vorfahren kaum weiter zurückverfolgen als bis zu einem Schweineschlächter im Jahr 1893; aber vielleicht ist es ganz gut so. Ich fürchte, es gäbe da wenig Anlaß zum Prahlen.«
Die gequälte, widerwillige Reaktion des Professors auf dieses Kompliment zeigte deutlich, daß seine Ansichten zum Thema stark von denen Frosts abwichen; er sagte: »Nun, es stimmt . . . man muß zugeben, daß es Vorteile hat . . . Aber jetzt möchte ich Ihnen meine Unterlagen zeigen.«
Er stemmte sich aus dem Sessel – seine Arme sahen so kraftlos aus wie Selleriestengel – und hinkte, so schnell er konnte, zu einem Empire-Sekretär neben einem Fenster mit Spitzenvorhang, das auf einen dunklen Hinterhof hinausschaute. Der Schreibtisch war mit offensichtlich ungeordneten Papierstapeln beladen; der Professor brauchte eine Weile, bis er gefunden hatte, was er suchte.
»Hier, sehen Sie – das sind meine Pläne – und das sind die Zahlen – ich meine, alles ist klar, aber mein Englisch reicht nicht aus für technische Erklärungen – ich kenne nicht die Fachausdrücke für ›Vereinheitlichte Feldtheorie‹ oder ›Dualität planetarischer Wellenpartikel‹ . . .« Er redete jetzt Französisch, das Frost gut lesen und verstehen, aber nicht sehr fließend sprechen konnte.
»Ja, ich verstehe, Professor. Ich glaube nicht, daß es da irgendwelche Probleme gibt. Sehen Sie, ich habe ein paar Antragsformulare mitgebracht. Sie füllen Sie aus – hier, sehen Sie –, natürlich werde

ich mich um die Registrierung und so weiter kümmern – und selbstverständlich brauchen Sie eine saubere Zeichnung, ja, diese reicht vollkommen. Fangen Sie mit Ihrem Namen an, ›Ich, Charles-Edouard Aveyrand . . .‹«
»De Froissart Aveyrand«, unterbrach der Professor pedantisch.
»›Bürger der Republik Frankreich, erkläre hiermit, daß die Erfindung, deren Patentierung ich beantrage, und die Methode ihres Zustandekommens in der folgenden Erläuterung genau beschrieben werden . . .‹ Übrigens, haben Sie ein fertiges Modell des – Ihrer Erfindung?«
»Natürlich, Monsieur Frost, natürlich habe ich das.«
Zu Frosts großer Überraschung hob er die Stimme und rief: »Carloman! Allo, Carloman!«
»Ich habe ihn so programmiert, daß er auf meine Stimmfrequenzen reagiert«, erklärte der Professor. »Wenn ein anderer Mensch mit ihm umgehen soll, muß lediglich ein anderes Band eingelegt werden. Das steht alles in den Unterlagen. Ich hielt es für das Praktischste. Verstehen Sie, manchmal behindert mich mein Rheumatismus sehr, ich bin dann so steif, daß ich kaum aus dem Sessel komme; vielen in meinem Alter geht es wohl so. Doch die Stimme steht immer zur Verfügung. Bien, hier kommt er; wie sein Erfinder ist er nicht sehr flink.«
Aus dem Gang hörte man jetzt schlurfende Schritte, und dann tauchte in der offenen Tür eine kleine Gestalt auf, kaum ein Meter fünfzig groß. Frost konnte bei ihrem Anblick einen überraschten Ausruf nicht unterdrücken, denn es schien ein Ritter in einer Rüstung aus dem vierzehnten Jahrhundert zu sein. Langsam kam er ins Zimmer und stellte sich vorsichtig genau auf die Mitte eines kleinen, verschlissenen Teppichs, der etwa zwei Meter von dem Professor entfernt lag.
»Carloman, verändere die Beleuchtung«, befahl Aveyrand, und

das Modell schlurfte langsam durchs Zimmer und machte Lampen an und aus; zuerst schaltete es verschiedene Tischlampen ein, indem es mit seiner gepanzerten Hand an den Schnüren zog; danach drehte es den Schalter an der Tür, der das Deckenlicht regelte, wobei es ihm ein wenig schwerfiel, die Metallfinger zum Ziel zu bringen; schließlich schaltete Carloman die Stehlampe neben dem Sessel des Professors aus, indem er mit dem gepanzerten Fuß auf einen Schalter am Boden trat. Dann kehrte er zur Mitte des Teppichs zurück und blieb da stehen; offenbar erwartete er weitere Anweisungen.
»Beachtlich«, sagte Frost. »Kann er noch mehr?«
»Oh, bien sûr, aber das ist alles, was ich gegenwärtig programmiert habe. Später könnte er angeleitet werden, Betten zu machen, den Staubsauger zu benutzen . . . Aber ich dachte, verstehen Sie, so wäre er nützlich für Leute, die Angst vor Dieben haben . . . Ich muß zugeben, daß ich mich oft vor Räubern fürchte, die hier einbrechen und meine Wertsachen stehlen könnten, wenn ich nicht da bin . . .«, er warf fast entschuldigend einen Blick über seine Schulter, ». . . da kann man dem Modell die Anweisung geben, in unregelmäßigen Abständen herumzugehen und die Beleuchtung zu verändern, so daß es aussieht, als wäre jemand da. Ein Zeitschalter würde so unregelmäßig nicht funktionieren, während ich Carloman auf eine beliebige Reihe von Veränderungen programmieren kann, die sich in hundert Tagen nicht wiederholen würden.«
»Ist er ans Stromnetz angeschlossen? Oder hat er eine Batterie?«
»Weder, noch, Monsieur; er ist ganz unabhängig. Der planetarische Einfluß reicht aus, um das gegenwärtige Programm unbegrenzt zu betreiben.«
»Wirklich genial«, sagte Frost. »Ich bin überzeugt, daß Sie einen Markt für eine solche Erfindung finden werden.«

»Oh, mein lieber Herr! Ganz zweifellos! Es gibt so viele Leute, die wie ich Diebe fürchten und Angst haben, ihre Wohnung und ihren Besitz zu verlassen.«
Frost empfand das als Ironie; er schaute sich in der trostlosen Wohnung um und fragte sich, was hier wohl einen Diebstahl lohne? Jedenfalls war der Professor doch bestimmt fast immer zu Hause?
»Sagen Sie, warum bewerben Sie sich zuerst um ein britisches Patent? Warum fangen Sie nicht in Ihrem eigenen Land damit an?«
Der Professor hob mit einer typisch gallischen Bewegung die Schultern. »Hier herrscht zuviel Korruption. Ich müßte zu viele Hände schmieren. Das kann ich mir nicht leisten. Und außerdem wäre es zu meinen Lebzeiten nicht mehr möglich. Ich hätte keinen Nutzen mehr davon . . . Obwohl ich ein kranker alter Mann bin, habe ich der Welt noch viel zu bieten – meinen Namen in die Annalen der Geschichte zu schreiben – das ist nur eine Verwendungsmöglichkeit planetarischer Energie, die ich empfehle.«
Ein etwas fiebriger Glanz kam in seine Augen; er fing an, von Mars, Venus und Saturn zu murmeln, bis ein Hustenanfall ihn unterbrach; er hielt sich ein verschmutztes Taschentuch an die Lippen. Als der Krampf überhaupt nicht aufhörte, ging Frost mit dem Gefühl, irgendwie helfen zu sollen, in den anschließenden Raum, eine unbeschreiblich schmutzige und unordentliche Kleinküche. In der Spüle stapelte sich verdrecktes Geschirr, und nirgendwo war etwas Eß- oder Trinkbares – noch nicht einmal eine Flasche Mineralwasser. Doch der Professor rief mit schwacher Stimme zwischen seinen Hustenkrämpfen »Kaffee! Kaffee!«, und so erhitzte Frost einen Topf mit Kaffeesatz und einer mißfarbenen Flüssigkeit auf dem winzigen Gasherd und brachte eine Tasse davon dem alten Mann.

Wie hatte Louise hier nur so gern ihre Ferien verbringen können? fragte er sich erstaunt und mit Widerwillen und sah sich wieder um. Aber das war natürlich vor Jahren gewesen, als der Professor noch am Institut für Astronomie lehrte; damals war Geld genug für ein Mädchen dagewesen.
Als er den körnigen Kaffee getrunken hatte, erholte sich der Professor allmählich soweit, daß er die Anmeldungsformulare für das Patent ausfüllen konnte, die Frost dann in seiner Aktentasche verstaute.
»Wie nennen Sie ihn eigentlich? Die Erfindung muß igendeine Bezeichnung haben.«
»Ich nenne ihn l'assistant – den Helfer.«
»Wäre es möglich, ein – ein Modell mitzunehmen?« fragte Frost. »Ich meine, nach England? Es könnte die Sache beschleunigen – es wäre eine Erleichterung, verstehen Sie –, wenn ich neben den Zeichnungen auch ein Modell zeigen könnte. Haben Sie vielleicht noch mehr davon?«
»Noch mehr Modelle? Non, non – Carloman seulement«, antwortete der Professor, nachdem er sich unsicher umgesehen hatte, als könnte irgendwo noch ein weiteres Exemplar sein. Nach einer kurzen Pause fügte er hinzu: »Ich glaube, Sie könnten diesen hier mitnehmen; zweifellos kann ich ohne zuviel Mühe einen neuen konstruieren.«
»Warum haben Sie ihm das Aussehen eines Kreuzfahrers gegeben?« fragte Frost.
Er betrachtete die reglose Gestalt auf dem Teppich mit Abneigung; sie verursachte in ihm einen leichten Widerwillen. Schon immer hatten ihn unechte Antiquitäten geärgert, Feuerzeuge in Gestalt kämpfender Ritter, Kohlenkästen von falschem Prunk – er fand Carloman entschieden geschmacklos.
»Warum dieses Aussehen? Oh, nur weil ich zufällig die Rüstung

hatte. Es gab noch einige Exemplare in unserem Familienschloß, die jetzt verkauft worden sind. Daß ich die Rüstung hatte, ersparte mir mühselige Konstruktionsarbeiten. Außerdem ist es bequem – regardez . . .« Aveyrand öffnete Carlomans Visier, und dort, wo das Gesicht sein sollte, kam ein Gewirr von Drähten und Schaltungen zum Vorschein. Geistesabwesend fügte der Professor hinzu: »Ich habe noch mehr Einzelteile, bien sûr, ich könnte ein weiteres Modell bauen. Es ist nur so, daß es mir an Zeit fehlt.« Er überlegte. »Carloman ist nicht besonders schwer. Ich glaube, wir könnten ihn in eine Golftasche packen. Irgendwo, sicher fällt es mir gleich ein, war hier so ein Gegenstand.«

»Vielleicht kann ich Ihnen helfen, die Tasche zu suchen?«

Frost sah sich in dem übermöblierten Zimmer um. Je rascher er aus dieser trübseligen Wohnung kam, um so besser.

»Merci, mon ami.« Der Professor rieb sich unsicher die Stirn. »Sie könnte auf dem Schrank in meinem Schlafzimmer sein. Verzeihen Sie mir, daß ich Sie nicht begleite? Ich muß in diesen Tagen haushälterisch mit meinen Kräften umgehen.«

Frost ging durch zwei Räume, die bis zur Decke mit dem, was sich in zwei Jahren angesammelt hatte, vollgestopft waren, und wandte nervös den Blick von dem Durcheinander. Dann durchsuchte er die staubige Unordnung im Schlafzimmer und fand nach einiger Zeit die Golftasche zwischen einer Fotoausrüstung, Rucksäcken, Ferngläsern, Botanisiertrommeln und alten Bastkoffern. Auf einer Kommode sah er zu seiner Bestürzung ein Foto, auf dem seine Tochter Louise und ihre Freundin Menispe Arm in Arm in den Sonnenschein auf einer Pariser Straße lachten und blinzelten. Hastig sah er weg. Er ging hinaus und trug die Tasche ins Wohnzimmer.

Ohne große Hilfe des Professors, der nach dem Gespräch offensichtlich am Ende seiner Kräfte war, packte Frost das Modell in

die Golftasche und stopfte sie mit Exemplaren von *Le Monde* und *France-Soir* aus.
»Wie steht es mit der Programmierung?« fiel ihm noch ein. »Dazu ist Ihre Stimme nötig, oder?«
»Das ist kein Problem – ein Band ist eingebaut. Sie müssen lediglich den Schalter auf die zweite Position drehen – voilà –, dann können Sie aufnehmen.«
»Ja, ja, natürlich. Nun, dann möchte ich mich verabschieden, Professor – ich habe Sie lange genug aufgehalten. Es war äußerst interessant . . .«
»Ich bedaure unendlich, daß ich Ihnen keinen Imbiß anbieten kann – doch die Möglichkeiten meiner Küche sind gegenwärtig so beschränkt, ich gehe so selten aus . . .«
»Nein, nein, mein lieber Herr, das wäre ganz unnötig . . .« Frost unterdrückte ein Schaudern beim Gedanken an die Küche.
»Außerdem tut es mir sehr leid, daß meine Tochter Menispe nicht rechtzeitig zurückgekommen ist, um Sie zu begrüßen.«
»Menispe? Soll das heißen, daß sie immer noch hier *wohnt*?« Frost wußte nicht genau, warum diese Nachricht ihn so überraschte. Menispe hatte nie wie eine Tochter gewirkt, die einen Tag länger als nötig unter dem elterlichen Dach bleiben würde. Er erinnerte sich an ihre letzte Begegnung, daran, daß sie sich offensichtlich gelangweilt hatte und gereizt war.
»Aber natürlich wohnt sie noch hier!« Der Professor wirkte fast schockiert. »Wer, wenn nicht sie, meine Tochter, sollte sich um mich kümmern und meine Besorgungen übernehmen?«
Obwohl Frost keine sehr freundlichen Gefühle für Menispe hegte, schauderte es ihn bei dieser ruhigen Feststellung ihres Vaters. Welch ein Schicksal für das unglückliche Mädchen, dachte er und fragte: »Sie hat also nicht geheiratet? Was ist aus ihrem Verlobten geworden – Lucien hieß er, nicht wahr?«

»Ah, Lucien? Der arme junge Mann, er ist vor einigen Jahren gestorben. Er war das Opfer einer unseligen Sucht . . .«
Wie Louise. Frost hörte sich leidenschaftslos fragen: »Menispe blieb von der Sucht verschont?«
»Gewiß, Monsieur. Menispe neigt nicht zu so etwas.«
Nein. Sie beobachtet lediglich die Folgen bei ihren Freunden, dachte Frost, doch Aveyrand fuhr fort: »Sie hat allerdings ihre Probleme, sie ißt nicht genug – manchmal bin ich ihretwegen sehr beunruhigt. Ah, aber – à la bonheur – da kommt sie ja!« rief er triumphierend, als die Wohnungstür hörbar geöffnet wurde.
Frost stieß im stillen einen von Herzen kommenden Fluch aus. Der letzte Mensch auf der Welt, den er sehen wollte, war Menispe Aveyrand; wenn er seinen Besuch nur um fünf Minuten abgekürzt hätte, wäre diese Begegnung zu vermeiden gewesen.
Jetzt kam sie mit einem schwachen Lächeln hereingeschlendert, hob ihr Kinn und sah ihn unter gesenkten sandfarbenen Wimpern hervor unverschämt an, als wären sie sich vor fünf Minuten zum letzten Mal begegnet statt vor sieben Jahren. Sie war vom Regen durchnäßt, schien es aber nicht zu merken; sie zog sich nicht aus, denn da war nichts auszuziehen; sie trug nur fadenscheinige Jeans, Riemensandalen und ein schmutziges indisches Hemd. Ihre Haare waren ganz kurz geschnitten, und ihr Gesicht erinnerte an einen verhungernden Wasservogel – sie war mager wie ein Skelett und sah, wenn möglich, noch kleiner aus als in jenen vergangenen Tagen, als sie in Wimbledon zu Besuch war.
»Menispe!«
Er konnte nicht herzlich sein, seine Zunge verweigerte die heuchlerischen Formen der Begrüßung, alles, was er herausbrachte, war ein lahmes:
»Seltsam, dich wiederzusehen.«
»Monsieur Frost – welche Überraschung!« Ihr Ton war ironisch,

sie wirkte nicht im geringsten überrascht. Sie legte ein Bein über das schneckenförmige Ende eines staubigen Plüschsofas, saß da und beobachtete ihn mit einem leichten Lächeln, während er die Griffe der Golftasche aufnahm.
»Was, Sie nehmen den armen Carloman mit? Entführen ihn? Werden wir ihn nie wiedersehen?«
»Es ist sehr freundlich von Monsieur Frost, daß er sich für unsere Angelegenheiten interessiert«, sagte ihr Vater zurechtweisend. »Wenn man bedenkt . . .«
»Wenn man bedenkt?« Menispe zündete sich eine dünne braune Zigarette an und blies einen Rauchring. »Wenn man bedenkt, daß seine Frau und seine Tochter tot sind? Monsieur Frost hat wahrscheinlich Zeit genug.«
»Menispe! Monsieur Frost kümmert sich liebenswürdigerweise für uns um das englische Patent.«
»So; dann sind wir also bald reich?«
»Ich hoffe es«, sagte Frost kalt. »Natürlich läßt sich nie sagen, ob die Fabrikanten solche Dinge aufgreifen.«
Jetzt überkam ihn ein verdrossener Widerwille gegenüber dem ganzen Projekt. Warum sollte er sich Mühe geben, dieses hassenswerte Paar zu bereichern? Aveyrand sah sowieso aus, als stünde er an der Tür zum Tod, wahrscheinlich würde er das nächste oder übernächste Jahr nicht überleben, während seine Tochter bereits wie eine Leiche wirkte. Und dann – die Erinnerung an Louise. So voll glücklicher Intelligenz, voll strahlendem Versprechen, und da . . .
»Ich werde Ihnen aus London schreiben, sobald ich irgendwelche Neuigkeiten habe«, sagte Frost eilig zu dem Professor und schob sich und seine Last ungeschickt aus der Tür.
»Lassen Sie Carloman nicht rosten!« rief Menispe ihm nach.
Als er im Aufzug hinunterfuhr – er mußte Carloman senkrecht

halten, damit er hineinpaßte –, wurde Frost durch die Überlegung, ob er wohl ein Taxi finden würde, wieder an Louise erinnert.

Als er wieder in seinem Häuschen in Essex war – denn nach dem Tod von Louise und dem anschließenden Selbstmord seiner Frau hatte er Wimbledon verlassen –, packte er nicht sofort die Tasche aus, die Aveyrands Modell enthielt. Nach einer dreitägigen Abwesenheit war viel zu tun – das Haus mußte saubergemacht, der Rasen gemäht werden. Und am nächsten Morgen im Patentamt stapelte sich auf seinem Schreibtisch Arbeit, die sich angesammelt hatte und mehrere Tage zu ihrer Erledigung erforderte.

Dennoch war es weder das Ergebnis eines Entschlusses noch eines wohldurchdachten Plans, daß er zögerte, etwas im Interesse von Aveyrand zu unternehmen. Er hatte aufrichtig vorgehabt, dem alten Mann zu helfen. Als er beschlossen hatte, nach Paris zu fahren, waren seine Absichten selbstlos und wohlwollend gewesen; er fand, es stehe ihm nicht zu, seinen beruflichen Rat zurückzuhalten, wenn er erbeten wurde.

Aber jetzt . . . Alles, was er empfand, war eine tiefe Lethargie und Abneigung. Zweifellos würden die Einkünfte aus Herstellung und Verkauf des Carloman-Projekts dem alten Mann – und Menispe – mit der Zeit eine beachtliche Geldsumme einbringen. Was würden sie damit tun? Das ging Frost nichts an.

Ein- oder zweimal fragte er sich, warum er die Eingabe des Professors nicht einfach einem Kollegen zur Erledigung überließ – das wäre die vernünftigste Lösung des Problems. Aber dennoch ließ er Tag um Tag die Papiere auf seinem Schreibtisch liegen, und Carloman blieb mehrere Wochen lang in der Golftasche unter den Exemplaren vom *France-Soir*.

Fast vier Monate nach seiner Parisreise erhielt Frost eine Ansichtskarte mit dem Eiffelturm, die in einer vertrauten, verschlungenen, unregelmäßigen schwarzen Schrift an ihn adressiert war. »Mein Vater hat mich gebeten nachzufragen, ob es irgendwelche Neuigkeiten wegen seines Patents gibt«, schrieb Menispe – diesmal gab es kein »chèr oncle Frank«. »Ihr langes Schweigen entmutigt ihn, und er würde sich freuen, einen Brief von Ihnen zu erhalten.«

Auf diesen Anstoß hin packte Frost schuldbewußt und widerwillig das Modell aus und stellte es auf. Der Winter war gekommen, Schnee kündigte sich an, und in seinem Häuschen brannten mehrere Lampen. Nach den Anweisungen des Professors löschte Frost das Band und besprach es erneut, legte es an die richtige Stelle im Visier, räusperte sich und kam sich recht töricht vor, als er dann dem Modell befahl:

»Carloman, verändere die Beleuchtung.«

Gehorsam bewegte sich das Modell durch Frosts Wohnzimmer, schaltete alle Lampen an, die ausgeschaltet waren, und alle aus, die schon brannten; offensichtlich war das sein Grundprogramm, wenn man ihm nicht spezifischere Anweisungen gab. Seine Bewegungen waren langsam, ungeschickt und zögernd, als es diese neue Strecke hinter sich brachte, aber exakt. Als die gesamte Beleuchtung verändert war, kehrte es zu der Stelle zurück, wo es zuerst gestanden hatte, und wartete regungslos.

»Schon gut, Frankenstein, das wär's«, murmelte Frost mit einem leichten Schaudern – an den unsicheren, vorsichtigen Bewegungen des Modells war etwas Unangenehmes wie an Aveyrand selbst – und drehte hastig den Hauptschalter auf der Brustplatte aus.

»Heute werde ich den Antrag bearbeiten«, beschloß er.

Aber dieser Tag war ungewöhnlich turbulent; und am nächsten Morgen erhielt er einen langen Brief von einem Freund aus

Australien, einem entfernten Verwandten seiner Frau, der aus irgendeinem Versäumnis nie von ihrem Tod erfahren hatte und ankündigte, daß er nächsten Monat nach England komme. Das zwang ihn, einen langen Brief zu schreiben, in dem er wieder einmal die ganze unglückliche Geschichte erzählen mußte, wie nach Louises Tod durch eine Überdosis Mary in eine so tiefe Depression geraten war, daß sie eines Abends, als Frost durch dringende Arbeiten im Büro festgehalten war, allem ein Ende machte.

Als er mit diesem Brief fertig war, empfand Frost eine so bittere Feindseligkeit gegenüber den Aveyrands, daß er beschloß, den Antrag des Professors noch einen Monat liegen zu lassen. Er konnte nicht, er *konnte* einfach gegenwärtig nichts dafür tun. Warum sollte er überhaupt etwas für die beiden tun? Sollten sie noch ein bißchen warten.

Und einen Monat später, als er eines Abends nach Hause fuhr, blieb sein Blick an einer kleinen Meldung in der *Times* hängen: »Französisches Mitglied der Akademie gestorben. Charles-Edouard Aveyrand, viele Jahre lang Professor für Astrophysik an der Pariser Faculté des Sciences . . . Autor von *La Revolution Astrophysique, Opuscules Astronomiques, Employant Venus et Saturne,* usw., usw . . . ausgezeichnet mit folgenden akademischen Ehren und Orden . . . wurde gestern in seiner Pariser Wohnung tot aufgefunden. Er lebte allein, seit seine Tochter vor zwei Wochen im Krankenhaus an anorexia nervosa gestorben war. Es wird angenommen, und das wäre ein Beispiel makabrer Ironie, daß auch der Professor an Unterernährung und Unterkühlung gestorben ist. Nachbarn wurden auf sein Schicksal aufmerksam, weil in seiner Wohnung die Lampen eine Woche lang Tag und Nacht brannten.«

Also: Er hat nie das zweite Modell gebaut, dachte Frost nach einem Augenblick des Entsetzens. Hätte er es getan, dann hätten

die Nachbarn ihn vielleicht immer noch nicht gefunden; Carloman II. würde immer noch durch die Wohnung stapfen und in unregelmäßigen Abständen Lampen ein- und ausschalten.
Er las die Meldung noch einmal und wartete auf Gewissensbisse. Aber alles, was er empfand, war eine Art düsterer Zufriedenheit; selbst Schuldgefühle schienen an dieses Paar verschwendet. Aveyrand hätte kaum viel länger gelebt, nicht mit allem Wohlstand der Welt; ebensowenig wie Menispe, und es war unwahrscheinlich, daß irgend jemand ihren Tod bedauerte.
Aber was sollte er jetzt mit Aveyrands Erfindung machen? Das Patent unter seinem eigenen Namen anmelden und die Erträge für Wohltätigkeitseinrichtungen spenden? Erben suchen? Oder – das war sein stärkster Impuls – nichts tun, das Modell mit einem Beil in Stücke schlagen?
Der Zug fuhr auf dem Bahnhof ein, wo er aussteigen mußte. Er legte die *Times* in seine Aktentasche, verließ das Abteil und ging den langen, lehmigen Weg zu seinem Häuschen hinauf.
Ja, ein Beil mochte die beste Lösung für Carloman sein. Andererseits – vielleicht behielt er das Modell, es hatte sich als recht nützlich erwiesen. In der Gegend war kürzlich mehrfach eingebrochen worden; er hatte sich daran gewöhnt, Carloman eingeschaltet zu lassen, um den Eindruck menschlicher Aktivität im Haus zu erwecken.
Tatsächlich veränderte sich die Beleuchtung, als Frost sich dem Häuschen näherte: Das Küchenfenster wurde dunkel, und nach einer kurzen Pause wurde das Schlafzimmerfenster hell. Obwohl das Modell praktisch war, dachte Frost, als er die Garagentür öffnete, mußte man beim Betreten des Hauses immer ein leichtes Unbehagen überwinden, wenn man wußte, daß irgendwo drinnen dieser hirnlose, aber menschenähnliche Apparat langsam umherging und seine programmierten Aufgaben erfüllte.

Als er dann durchs Fenster des Schlafzimmers im Erdgeschoß sah, bemerkte Frost zu seiner Verblüffung, daß an diesem Abend Carloman eine Aufgabe erledigt hatte, für die er noch nicht programmiert war: Gerade trat er vom Bett zurück, nachdem er mit seinen gepanzerten Händen die Decken zurückgelegt hatte. Mit plötzlich beschleunigtem Herzschlag und trockenem Mund öffnete Frost die Haustür, die direkt ins Eßzimmer führte. Der Tisch war für zwei gedeckt.

Jetzt konnte er langsame, dumpfe Schritte hören, als das Modell den kurzen Weg vom Schlafzimmer zur Diele zurücklegte. Bald kam das Ding in Sicht, es bewegte sich entschlossen mit seinem langsamen, schwankenden Gang. Die geschlossenen Metallscheiben des Visiers schauten geradeaus: blind, ausdruckslos. Aber dahinter – Frost hatte eine verrückte Ahnung – dahinter, glaubte er, wenn er das Visier höbe, kämen nicht wirr erscheinende Drähte und Schaltungen zum Vorschein, sondern die spöttischen, feindseligen Züge von Menispe Aveyrand.

UNTERMIETER

»Sind Sie sich *sicher,* Herr Doktor?« fragte Rose Burdock. »Glauben Sie wirklich, daß *er* Mumps hat und *sie* Masern? Könnten Sie sich nicht irren?«

»Ich irre mich nicht«, sagte Doktor Cobb energisch. »Dafür habe ich diese Woche zu viele Fälle gesehen – die halbe Stadt hat das eine oder das andere. Bob hat einen steifen Hals – Titch hat Pusteln. Sie können nichts tun als sie warm halten und ihnen Aspirin und viel zu trinken geben. Machen Sie ihnen Hals- und Ohrenwickel, und halten Sie sie voneinander getrennt, denn in zwei Wochen werden sie bestimmt ihre Viren austauschen; dann müssen Sie sich *wirklich* Sorgen machen, weil sie von der ersten Infektion noch mitgenommen sind und deshalb die nächste schwerer überstehen.«

»Wie lang wird das dauern?« fragte sie schwach.

Er kritzelte Rezepte. »Hm? Oh, wahrscheinlich werden Sie beide einen Monat zu Hause behalten müssen, bis alles vorbei ist. Hier, das ist für Titch, alle vier Stunden Tag und Nacht, und diese sind für Bob, ebenso zu nehmen, bis ihre Temperatur wieder normal ist. Rufen Sie mich an, wenn das Fieber länger als zwei Tage anhält oder wenn es zum Delirium kommt.«

»Delirium?«

»Es ist unwahrscheinlich, falls es nicht zu einer Mumps-Hirnhautentzündung kommt. Aber Sie müssen natürlich auch auf Anzeichen von Bronchitis oder Lungenentzündung achten. Übrigens, haben *Sie* eigentlich Mumps und Masern gehabt?«

»Ja.«

»Nun, Mumps kann man zweimal kriegen, also seien Sie vorsichtig«, sagte er mit gefühlloser Fröhlichkeit und lief die Treppe hinunter. Rose sah ihm niedergeschlagen nach. Neben ihrem Haus lag ein kleiner Friedhof, der nicht mehr benutzt wurde. Ein heftiger Regen, gefolgt von scharfem Januarfrost, hatte alle Grabsteine mit Eis überzogen. Sie sahen aus wie Spielkarten, die zu einer Patience gelegt sind. Patience . . . Wie friedlich, dachte sie, dort unten seine Knochen auszustrecken und einen Eisbeutel über sich zu haben. Dann ging sie zurück ins Haus, wo Titch, schwitzend und elend, nach etwas zu trinken verlangte und mit Kölnisch Wasser abgerieben werden wollte; Bob, fiebernd und mit schmerzenden Drüsen, bat um einen heißen Halswickel; beide wollten vorgelesen bekommen und auf der Stelle gesund gemacht werden.

Danach schleppte sich Rose müde hinunter zur nächsten unerfreulichen Pflicht.

»*Welt der Frau* – kann ich bitte Mrs. Joubert sprechen? – Mrs. Joubert – hier ist Rose Burdock. Mrs. Joubert – es tut mir *entsetzlich* leid, aber es sieht aus, als könnte ich am Montag nicht ins Büro kommen. Meine beiden Kinder sind krank, eins hat Mumps, das andere Masern, und meine Untermieterin ist vor zwei Tagen ausgezogen – ich habe hier niemand, der sich um sie kümmern kann. – Ja, *natürlich* werde ich übers Wochenende versuchen, jemand zu finden – *natürlich* werde ich das. Aber – ja, ich weiß. Ja, das ist mir klar. Ja, ich *weiß,* daß die Zeitschrift am Mittwoch in Druck geht. Selbstverständlich werde ich tun, was ich kann. Ich dachte nur, ich sollte Sie vorwarnen für den Fall – ja, ja, das mache ich. Ja, natürlich.«

»Sie werden sich erinnern, Mrs. Burdock«, sagte die klare Stimme der Redakteurin im Hörer, »wir haben uns bei Ihrer Einstellung

kompromißlos darauf geeinigt, daß es für Sie keine zusätzlichen Urlaubstage gibt, keine Notfälle oder Krisen und daß Sie versprochen haben, uns kurz vor dem Druck *nie* im Stich zu lassen.«
Rose erinnerte sich ausgezeichnet an das Gespräch. Mrs. Joubert, die ein Gesicht hatte wie ein auf die Spitze gestelltes gleichschenkeliges Dreieck, mit einem Schopf blauer Haare und zwei Nullen als Augen, hatte sie so geängstigt, daß sie ohne Zögern alles versprach und auch beabsichtigte, ihr Versprechen zu halten. Außerdem glaubte Rose damals, für die Zukunft alles gut geregelt zu haben – schließlich hatte sie eine liebenswürdige Untermieterin, die nachmittags immer zu Hause war, wenn die Kinder von der Schule kamen. Wer hätte voraussehen können, daß die Untermieterin nach Schottland geholt wurde, um eine sterbende Mutter zu pflegen, oder daß die Kinder gleichzeitig Mumps und Masern bekamen?
»Ich werde tun, was ich kann, Mrs. Joubert«, sagte sie verzweifelt.
»Ich bitte darum, meine Liebe. Denn so was darf wirklich nicht vorkommen, wissen Sie. Wir sind *sehr* gut zu Ihnen gewesen – haben Ihnen besondere Vergünstigungen eingeräumt, so daß Sie nur vier Tage in der Woche zu arbeiten brauchen . . .«
»Ja – ich weiß . . .«
»Na gut.«
Nachdem Mrs. Joubert mit einem lauten Klick aufgelegt hatte, kam sofort das Gebimmel der Türglocke.
O Gott, was soll das schon wieder, dachte Rose und ging müde zur Tür. Wenn das der Gasmann war, bedeutete es eine neue Rechnung.
Es war nicht der Gasmann, sondern eine zerbrechlich wirkende Frau, der die schlecht gewellten Haare vom Kopf hingen wie die Ohren eines Cockerspaniels. Ihr Gesicht war irgendwie kraftlos – blaß und lang, mit ängstlichen grauen Augen und einem Mund,

der sich bemühte, fest zu sein, aber immer wieder zu einer kränklich sanften Kurve heruntersank. Sie hatte eine trockene, kalkige Haut, und ihre Kleider hingen an ihr wie welke Blätter nach dem ersten Winterregen.

»Mrs. Burdock?« Auch ihre Stimme war sanft, kultiviert, aber flach, als atmete sie nie tief genug ein. »Sie kennen mich nicht, aber ich habe durch Ihre Berufskollegen von Ihnen gehört – genauer gesagt, durch Mrs. Joubert . . .«

»Wenn es sich um eine Lebensversicherung handelt, dann bin ich nicht interessiert, tut mir leid«, sagte Rose rasch. »Und – Sie müssen mich entschuldigen, aber ich habe zwei kranke Kinder im Haus, ich muß zu ihnen . . .«

»Nein, *nein,* Sie miß*verstehen* mich – ich möchte mich auf Mrs. Joubert berufen – sie ist mit meinem Schwiegervater befreundet, dem Admiral Colegate in South Dean.«

»Oh, ich verstehe.« Eigentlich verstand Rose nichts; es stimmte, daß Mrs. Joubert ein Wochenendhaus im fünf Meilen entfernten Dorf South Dean hatte, und zweifellos kannte sie dort Dutzende Admirale, aber warum sollte deshalb diese zitternde Frau auf ihrer Schwelle stehen?

»Es ist so, wir sind ein bißchen verzweifelt, mein Mann und ich«, fuhr Mrs. Colegate schnell fort und lächelte dabei, wie sie wohl hoffte, gewinnend, »und zufällig haben wir gehört – durch den örtlichen Klatsch, wissen Sie –, daß Sie in Ihrem Haus ein paar Zimmer zu vermieten haben – und da haben wir uns gefragt, ob Sie uns vielleicht als Untermieter nehmen würden?«

»Sie wollen *Zimmer* mieten?« Plötzlich schien die Sonne auf dem vereisten Friedhofsgras Hochsommerhitze zu verbreiten; goldener Haarflaum umrahmte Mrs. Colegates kreidiges Gesicht wie ein Heiligenschein. »Oh, jetzt verstehe ich! Bitte kommen Sie herein, und schauen Sie sich die Zimmer an. Ich fürchte, sie sind

nicht sehr großartig – nur zwei Zimmer, ein Bad und eine kleine Küche – möchten Sie nicht heraufkommen?«
»Wir *wollen* nichts Großartiges«, plapperte Mrs. Colegate mit ihrer sanften, beschwichtigenden Stimme und folgte Rose die Treppe hinauf. An der Tür des Gästezimmers mußte sie sich, lang und mager, wie sie war, etwas bücken, denn das Haus war im Tudorstil erbaut und hatte entsprechende Oberbalken, und Mrs. Colegate war recht groß. Dennoch rief sie sofort: »Oh, wie entzückend! Wirklich, das ist *genau das,* was wir suchen! Das erfüllt alle unsere Wünsche, denn, wissen Sie, meinem Mann wurde sechs Monate lang der Führerschein entzogen – nur wegen einer Formsache, verstehen Sie, wirklich albern –, und er muß zweimal in der Woche den Bus um acht Uhr fünfzehn in die Stadt nehmen, und nach South Dean fährt kein Bus, und ich fahre miserabel im Nebel, und Sie *wissen* ja, wie häufig wir morgens Nebel haben . . . Wir haben in South Dean beim Admiral gewohnt, wissen Sie, beim Vater meines Mannes, seit wir so plötzlich aus dem Iran zurück mußten . . . Desmond hatte eine *ausgezeichnete* Stellung in Teheran, es war so traurig, als die Dinge dort schwierig wurden . . .«
All das floß in einem sanften, gleichmäßigen Strom aus ihr heraus, während sie ziemlich oberflächlich, so kam es Rose vor, das Bad, die kleine Küche und die beiden Wohn-Schlaf-Räume besichtigte.
»Alles wunderbar! Und gibt es einen Schuppen oder etwas Ähnliches, wo wir den Wagen unterstellen können?«
Das, mußte Rose zugeben, gab es nicht. Ihr eigener Mini stand auf der anderen Straßenseite, wo ein Abstellplatz für nur einen Wagen vorhanden war. »Aber ich fürchte, einen zweiten lassen sie dort nicht parken. Sie können Ihren Wagen über Nacht auf dem Marktplatz abstellen, das ist nur drei Minuten von hier entfernt.«
Mrs. Colegate erklärte, das sei einfach großartig, und alles sei

genau das, was sie gesucht hätten. »Und nur drei Minuten zum Bus – bequemer geht es gar nicht. Können wir heute nachmittag einziehen?«
»Möchten Sie nicht, daß Ihr Mann sich das alles zuvor ansieht?« fragte Rose etwas überrascht.
»Nicht nötig, überhaupt nicht nötig. Ihm wird es hier genauso gefallen wie mir.«
»Nur noch eins . . .« Rose zögerte; sie hatte das Gefühl, daß dieser Glücksfall sie zur Ehrlichkeit zwang. »Ich habe zwei Kinder, sie sind sechs und acht . . .«
»Oh, wie *reizend*! Wir *lieben* Kinder!« rief Mrs. Colegate. »Ich hatte selbst Kinder, wissen Sie – jetzt sind sie natürlich erwachsen! Wir werden so *glücklich* sein, wieder in einem Haus mit Kindern zu leben.«
»Oh – das ist – ich bin sehr – es ist nur«, fuhr Rose verzweifelt fort, »daß eines meiner Kinder gerade Mumps hat, und das andere hat Masern, und in etwa zehn Tagen oder noch früher wird es umgekehrt sein. Meinen Sie, daß Sie sich darauf einlassen wollen? Haben Sie Mumps und Masern gehabt, Mrs. Colegate?«
»Gott segne Sie, ja, meine Liebe, vor langer Zeit, und mein Mann ebenfalls. Mumps und Masern machen uns *überhaupt* nichts aus! Es wird uns eine Freude sein, Ihre Kinder zu pflegen. Dann haben wir das Gefühl, gebraucht zu werden. Ich nehme an, Sie müssen täglich in die Stadt? Ich bin überzeugt, daß wir *sehr gut* in dieses Haus passen. Jetzt ist also alles geklärt, und wir werden heute nachmittag zwischen drei und vier einziehen – wenn Ihnen das paßt?«
»Ja, natürlich«, sagte Rose. »Ich gebe Ihnen die Schlüssel.«
Mrs. Colegates Lächeln war so unentwegt und ausdauernd gewesen, daß Rose mit einem ziemlichen Schock bemerkte, wie heftig deren Hände zitterten, als sie die Schlüssel entgegennahm. Die

Ärmste, vielleicht hatte sie Arthritis – oder war es die Parkinsonsche Krankheit, die dieses Händezittern verursachte? Oder die soundsosche Lähmung?
»Wer war da an der Tür?« riefen die Kinder aus ihren Schlafzimmern. (Es hatte keinen Sinn, sie zusammenzulegen; zuerst stritten sie, dann schrien sie, schließlich schlugen sie sich.) Rose ging zu ihnen und erzählte, daß zwei neue Untermieter kämen, die mit Freuden vorläsen, etwas zu trinken holten und Einkäufe erledigten.
Bob nahm die Neuigkeit gleichgültig auf. Er hatte fast vierzig Grad Fieber. Titch zog ein langes Gesicht.
»Ich dachte, *du* würdest zu Haus bleiben und dich um uns kümmern«, sagte sie traurig.
»Liebling, du weißt, daß ich das gern tun würde, aber ich kann nicht. Ich muß ins Büro. Aber Mr. und Mrs. Colegate sind bestimmt sehr nett . . .«
Um zwei Uhr dreißig mittags läutete es wieder, und diesmal war es ein kleiner, sehr dicker Mann mit einem grünen Augenschutz über dem Gesicht, der ein riesiges, unordentliches, in roten Flanell eingeschlagenes Bündel trug.
»Mrs. Burdock? Ich bin Desmond Colegate. Freut mich, Sie kennenzulernen. Kann Ihnen nicht die Hand geben, haha. Darf ich dieses kleine Päckchen hinauftragen?«
Seine Stimme war überraschend hoch und schrill; höher, dachte Rose, konnte nur noch ein Fledermausschrei klingen. Was sie unter dem grünen Schirm von seinem Gesicht erkennen konnte, war fast ebenso überraschend weiß und feucht wie der Bauch eines Plattfischs. Er faßte ihr Schweigen als Zustimmung auf, schob sich an ihr vorbei, fand die Treppe offenbar instinktiv und ging rasch mit seiner Bürde hinauf. Rose nahm ihre Sinne zusammen, folgte ihm und zeigte ihm den Weg zu seinen Zimmern.

»Entzückend; entzückend«, sagte er, warf das Bündel aufs Bett und ging zum Fenster.

»Es tut mir leid, daß man von hier auf den Friedhof sieht«, sagte Rose, nachdem sie sich geräuspert hatte. »Das Zimmer meines Sohnes liegt auch auf dieser Seite. Ich hoffe, es macht Ihnen nichts aus.«

»*Ausmachen*? Warum sollte es mir etwas ausmachen? Oh!« sagte er kichernd. »Sie meinen, ich ängstige mich vor den Geistern der Verschiedenen oder so etwas? Aber meine liebe junge Dame, dieser kleine Friedhof ist *alt*; ich möchte wetten, in den letzten hundert Jahren ist hier keiner mehr beerdigt worden. Von dort kommt kein Spuk. Du meine Güte, nein. Eine sehr angenehme Aussicht. Aha! Ich glaube, ich höre unten meine Frau . . .«

»Sie meinen – nur aus frischen Gräbern steigen Gespenster?« fragte Rose und bemühte sich um einen heiteren Ton, als sie ihm die Treppe hinunter folgte.

»Geister, meine Liebe – Geister! Natürlich! Sie nützen sich allmählich ab – brennen aus, wenn Sie so wollen – ähnlich wie eine Kerze. Geister sind nicht unsterblich, ebensowenig wie Körper – sie haben lediglich mehr Energie und eine längere Lebensdauer. Danke, Laura«, fügte er hinzu und nahm von seiner Frau, die nervös an der offenen Haustür stand, einen Plastikkleidersack entgegen. »Und natürlich«, sagte er zu Rose, die verwirrt in der Diele stand, »sind die Geister am lebhaftesten, wenn sie gerade ihre Körper verlassen haben; dann wissen sie noch nicht recht, verstehen Sie, wo sie *hingehören,* haha!« Sein Kichern klang, als fielen Eiswürfel in ein Glas. Er lief mit dem Kleidersack wieder die Treppe hinauf, und Mrs. Colegate ging zurück zu ihrem Wagen, der draußen auf der Straße stand und von einem Polizisten nachdenklich betrachtet wurde.

»Ich hoffe, es stört Sie nicht, daß wir etwas früher als abgemacht

kommen?« Mrs. Colegate flatterte wieder die Treppe vorm Haus hinauf, diesmal mit einem Bündel Golfschläger und Angelruten und einem Staubsaugerschlauch. »Der Admiral meinte, es sei besser, bei *Tageslicht* abzufahren; es wird jetzt so früh dunkel, und dann findet man kaum mehr etwas.«
Sie reichte die Schläger und Ruten ihrem Mann, der immer noch sein früheres Thema verfolgte und, während er ein Schmetterlingsnetz schwang, leichthin sagte: »Ja, ja, die Geister! Wenn sie gerade ihre Körper verlassen haben, surren sie ziemlich hektisch herum – wie Wespen, wissen Sie – und vergeuden geradezu ihre Energie!«
Er hastete wieder die Treppe hinauf – für seinen Umfang bewegte er sich erstaunlich gewandt – und rief etwas zurück, das klang wie: »Das ist die beste Zeit, um sie zu fangen!«
Rose ging in ihre Küche, um allein zu sein. Wahrscheinlich sollte sie den Colegates eine Tasse Tee machen; das war die richtige Art, jemanden zu empfangen. Sie wünschte, sie hätte keine so unmittelbare Abneigung gegenüber Desmond Colegate empfunden. Wahrscheinlich war er ganz unauffällig und angenehm, wenn man ihn besser kannte. Schließlich war er nicht verantwortlich für seine enervierende Stimme und die fischähnliche Hautfarbe.

Übers Wochenende schienen sich die Colegates auf ihre Weise hier endgültig häuslich niederzulassen. Sie hatten keine Möbel mitgebracht – das war auch nicht nötig, denn die Räume waren möbliert –, aber eine unglaubliche Menge Krimskrams, Bündel, Schachteln, Rollen, Rahmen, Käfige, Körbe. Während sie alles nach oben trugen, konnte Rose sich nicht vorstellen, wo sie die Dinge in den mäßig großen Zimmern verstauen wollten. Und tatsächlich, als sie anklopfte und mit dem Begrüßungstee eintrat, war der Boden völlig bedeckt von Gegenständen, die kunterbunt herumlagen, und die beiden Colegates unternahmen keinen Versuch, Ordnung in das Chaos zu bringen. Sie hatten sich gesetzt, er auf die Chaiselongue, sie auf den Diwan, und jeder hielt ein halb geleertes Glas in der Hand. Ein Flasche Johnny Walker stand auf einer Kiste zwischen ihnen.

»Sie sehen, wir sind erschöpft, meine liebe Rose«, zirpte Mr. Colegate. »Ich darf Sie doch Rose nennen? So ein hübscher Name! Wir sammeln unsere Kräfte, bevor wir uns unseren nächsten Aufgaben zuwenden. Ah, Tee! Wie aufmerksam von Ihnen! Wie köstlich!« Doch als Rose die Tassen wieder hinuntertrug, stellte sie fest, daß er kaum mehr als einen Höflichkeitsschluck getrunken hatte. War die Stille, die sie mit ihrem Eintritt unterbrochen hatte, eine grämliche Stille gewesen? Eine gespannte Stille? Eine verschwörerische Stille? Sie hatte etwas zu bedeuten, davon war Rose überzeugt. Und als sie am Sonntag ihren Wochenendpflichten nachging und die Kinder pflegte, konnte sie die verrückte Vorstellung nicht loswerden, daß die Colegates, selber mäuschenstill (sie schienen Spätaufsteher zu sein), auf sie *horchten,* während sie saubermachte oder mit den Töpfen in der Küche hantierte oder einfach treppauf, treppab lief – daß sie bewegungslos da saßen, wie sie die beiden entdeckt hatte, und ihr lauschten.

Am Sonntagabend kam Dr. Cobb unangemeldet vorbei.

»Ich war gerade in der Gegend und dachte, ich schau mal rein. Ist das Fieber schon gesunken? Macht nichts, alles muß seinen Lauf nehmen. Aber lassen Sie sie im Bett; kein Aufstehen und Fernsehen. Dieser Masern-Virus ist übel. Der junge Pete Finn, der Sohn vom Tierarzt, wissen Sie, wen ich meine? Ein Junge mit einem runden Gesicht.« Sie nickte. »Er hat eine Lungenentzündung bekommen – ist heute morgen gestorben. Das Fieber war nicht runterzukriegen.«

»*Pete*? Pete Finn?« Mitleid und Entsetzen durchbohrten sie mit einem stechenden Schmerz. »Aber er ist so ein großer, starker Junge! Wir kennen ihn gut. Er ist – war – ein Freund von Bob.«
Cobb schüttelte den Kopf. »Er hat es nicht geschafft. Ich erzähle Ihnen das nicht, um Sie zu ängstigen – nur um Sie zu warnen. Also – geben Sie weiter die Tabletten. Sonst können Sie nichts tun.« Er ging rasch zur Tür, dort drehte er sich um und sagte mit leichter Neugier und noch etwas – Bosheit? – hinter seiner Gutmütigkeit: »Wie ich höre, haben Sie neue Untermieter.« Er zeigte mit dem Daumen nach oben. »Bei seinem Vater sind sie nicht lange geblieben!«
»Sie kennen also den Admiral?«
Er nickte; er kannte jeden. »Ein Patient. Die jüngere Generation habe ich allerdings nicht kennengelernt; sie waren im Ausland, nicht wahr? Gut, daß sie von dem alten Knaben weg sind; sie gingen ihm auf die Nerven. Er hat gesagt, sie würden sein Ende beschleunigen. Benehmen Sie sich hier ordentlich?«
»Es scheint alles in Ordnung zu sein mit ihnen – warum?« Sie war sofort auf der Hut.
»Oh, nichts; nichts. Ich bin froh, daß Sie jemand gefunden haben. Bloß habe ich gehört . . .« Er tat, als trinke er aus einem unsichtbaren Glas.
Oh, dachte Rose, das würde die zitternden Hände und die Schwierigkeiten beim Autofahren erklären. »Beide?« fragte sie lautlos und unglücklich. Er zuckte die Schultern.
»Wahrscheinlich mäßig. Es könnte schlimmer sein. Könnte Heroin sein! Also, seien Sie vorsichtig – rufen Sie mich auch beim geringsten Anlaß.«
Sorglos schlug er die Autotür zu und fuhr davon.
Am Montag fuhr Rose, von schrecklichen Ängsten und bösen Ahnungen gehetzt, ins Büro von *Welt der Frau.* Sie hatte alle

möglichen Sachen zu essen für die Kinder vorbereitet, einen Zettel mit den Telefonnummern ihres Büros, des Arztes, des Klempners, Elektrikers und Krankenhauses an die Wand geheftet und getippte Gebrauchsanweisungen an allen Haushaltsgeräten befestigt. Denn Mrs. Colegate hatte gebeten, daß sie die Waschmaschine, das Bügeleisen, die Nähmaschine und den Staubsauger benutzen durfte. »Mein Schwiegervater war immer schrecklich eigen mit seinen Sachen«, gestand sie.

Am Tag, an dem die Zeitschrift in Druck ging, gab es immer einen Berg von Arbeiten, die in letzter Minute noch getan werden mußten; Rose schaffte es nicht, vor sechs Uhr dreißig am Abend das Büro zu verlassen. Spät und voller Sorge kam sie nach Hause, obwohl Mrs. Colegate am Morgen sehr freundlich und ermutigend gewesen war. (Mr. Colegate blieb unsichtbar.)

»Machen Sie sich nur keine Sorgen, meine Liebe; es wird mir ein Vergnügen sein, mich um Ihre netten Kinder zu kümmern, um die lieben kleinen Dinger.«

Sie hatte entschieden ruhiger gewirkt als am Tag ihrer Ankunft; ihre Hände zitterten nicht mehr so sehr.

Als Rose die Tür öffnete, war es im Haus völlig ruhig; das Erdgeschoß lag im Dunkeln. Sie drehte am Schalter – kein Licht. In panischer Angst lief sie die Treppe hinauf. Auch hier war es dunkel, doch aus den Zimmern der Kinder drang gedämpftes Licht. Als Rose nach Titch sah, entdeckte sie die Quelle dieser schwachen Helligkeit; Mr. Colegate saß da und las ihrer Tochter im flackernden Schein zweier Kerzen aus *Kim* vor. Seine hohe, monotone, vogelähnliche Stimme – die bei ihrem Eintritt geheimnisvollerweise von irgendwo an der Decke zu kommen schien – verstummte, als er Rose sah.

Trotz des schwachen Lichtes trug er immer noch seinen Augenschirm.

»Ah, da sind Sie endlich, meine Liebe«, sagte er freundlich zu Rose. »Dann werde ich mich zurückziehen.«
»Ist – ist alles gutgegangen?« Rose hoffte, daß die Nervosität und Abneigung in ihrer Stimme für ihn nicht so hörbar waren, wie sie sie empfand.
»Besser hätte es gar nicht gehen können!« erklärte Mr. Colegate noch fröhlicher. Verständnisvoll fügte er hinzu: »Aber ich glaube, Ihre Tochter ist an *Männer* nicht sehr gewöhnt . . .«
»Mein Mann starb, als sie erst drei war . . .«
»Ah, ich verstehe – das erklärt alles. So lange ist das schon her.« Er seufzte. »Darf ich fragen – hat Ihr Mann noch hier gelebt? In diesem Haus?«
»Nein, wir sind nach seinem Tod hierhergezogen.«
»Ah, das ist schade.« Er schien enttäuscht zu sein. »Ich habe die Kinder nach ihm gefragt . . .«
Er machte einen Schritt auf sie zu, und ein starker, süßlicher Geruch nach Whisky und Haaröl strömte von ihm aus.
Rose wünschte, er würde gehen. Sie erkannte, was Mr. Colegate unter dem Augenschirm und in dem schwachen Licht wohl entgangen war: daß Titch mit Tränen des Entsetzens in stillem Kampf lag, der jeden Augenblick in Geschrei enden konnte.
»Also, gute Nacht, Mr. Colegate – und vielen Dank.« Gott sei Dank verließ er das Zimmer, und sie hörte, wie er seine Tür hinter sich schloß.
»Mein *Lämmchen*! Was ist los?«
Zitternd warf sich Titch ihrer Mutter in die Arme. »Er ist *furchtbar*! Ich habe kein *Wort* verstanden von dem, was er gesagt hat! Kein Wort! Seine Stimme ist so merkwürdig! Sie hat geklungen, als käme sie vom Dach. Und er riecht *scheußlich*! Bitte, laß ihn nicht mehr hier reinkommen.«
»Nein, natürlich nicht.«

Verzagt überlegte Rose, wie sie das erreichen sollte, ohne Mr. Colegate tödlich zu beleidigen; sie vermutete, daß er sehr empfindlich war.
Sobald sie sich von der entsetzten Titch trennen konnte, ging Rose zu Bob. Hier schien es ruhiger zuzugehen. Bob saß mit rotem Kopf, aber gelassen im Bett, war in eine Decke gewickelt und spielte auf einem Teigbrett mit Mrs. Colegate Karten. Auch hier erleuchteten zwei flackernde Kerzen den Raum.
»Ihr Sohn hat eine natürlich Begabung für Kartenspiele«, sagte Mrs. Colegate lächelnd und duckte sich unter dem schrägen Dach hervor. »Ich habe ihm Zankpatience beigebracht, und davor hat er Napoleon, Hahn im Korb, die Jagd und Doppelhaufen gelernt. Er begreift blitzschnell.«
»Wie schön.« Rose streichelte den verstrubbelten blonden Kopf. »Es ist so freundlich von Ihnen . . .«
Erleichtert sah sie, daß Bob, obwohl nicht in bester Stimmung, von Titchs verzweifeltem Zustand weit entfernt war. Sie legte ihm die Hand auf die Stirn. Sie war sehr heiß. Nervös wich er vor ihrer kalten Hand zurück.
»Warum die Kerzen?« fragte Rose. »Ist die Hauptsicherung durchgebrannt?«
»Ich weiß es nicht.« Mrs. Colegate sah uninteressiert aus. »Irgendwas ist passiert. Aber mein Mann und ich ziehen sowieso Kerzenlicht vor.«
Rose nicht. In einem Tudor-Haus, das hauptsächlich aus Balken und Lattenwerk bestand, waren Kerzen eine zu große Feuergefahr; also tastete sie sich hinunter in den Keller und reparierte die drei verschiedenen Sicherungen, die offenbar durchgebrannt waren. Doch selbst als die übrigen Räume wieder hell erleuchtet waren, bemerkte sie (als sie hinausging, um ihre Aktentasche aus dem Wagen zu holen), daß aus den Fenstern der Colegates nur ein

schwacher Flackerschein drang. Ich hoffe bei Gott, daß sie all das Durcheinander aufgeräumt haben, dachte sie besorgt; sie konnte den Colegates schwerlich verbieten, Kerzen zu benutzen, wenn sie dafür eine Vorliebe hatten. Aber es war gefährlich bei all diesen Hindernissen auf dem Boden, über die sie fallen konnten. Doch vielleicht hatten sie inzwischen Ordnung geschafft.

Später am Abend war sie gezwungen, zu ihnen zu gehen. Das Telefon klingelte, eine männliche Stimme fragte nach Mr. Desmond Colegate.

»Welchen Namen soll ich ihm sagen?« fragte Rose.

»Hugh Morgan-Sleigh – Admiral Colegates Rechtsanwalt. Ich habe schon den ganzen Tag angerufen!« sagte die Stimme gereizt.

»Ich werde nachschauen, ob sie da sind. Aber ich glaube, ich habe sie vor einer halben Stunde weggehen hören«, sagte Rose.

Als sie ihr spätes Abendessen rasch hinuntergeschlungen hatte, waren von der Treppe her Schritte und Gemurmel zu hören gewesen. Nachdenklich klopfte sie an die Tür der Colegates. Zweimal hatte sie im Lauf des Tages versucht, zu Hause anzurufen, um nach den Kindern zu fragen, doch beide Male war nicht abgenommen worden.

Ob die Colegates eine Scheu vor dem Telefon hatten?

Auf das Klopfen kam keine Antwort. Vorsichtig öffnete sie die Tür und schaltete automatisch das Licht an. Etwas huschte hastig in eine Ecke; sie sah gerade noch ein kleines weißliches Geschöpf, das unter einem Deckenzipfel des Diwans verschwand.

Die Colegates waren nirgendwo zu sehen. Und die Zimmer waren noch genauso unordentlich wie vor vier Tagen. Eine tropfende Kerze hing gefährlich über dem Rand eines Untertellers. Rose löschte sie und ging zurück zum Telefon.

»Es tut mir leid, sie müssen ausgegangen sein. Soll ich ihnen ausrichten, daß sie Sie anrufen?«

»*Das* hat keinen Zweck«, sagte er ärgerlich. »Wahrscheinlich muß ich sie aufsuchen und ihnen die Absichten des Admirals erklären.« Seine Stimme klang, als wäre ihm das äußerst unangenehm.
»Vielleicht erreichen Sie sie bei Freunden – wenn Sie eine Ahnung haben, wo Sie anrufen könnten?« schlug Rose vor.
»Eher in einer Kneipe«, murmelte er für sich, nicht für Rose, und legte auf.
Sie hatte vorgehabt aufzubleiben, um ihnen von dem Anruf zu erzählen und auch nach dem Tier zu fragen – *was* konnte es wohl sein? Ein Frettchen? Eine Eidechse? Eine Biberratte? –, aber sie kamen so spät nach Hause, daß sie inzwischen erschöpft zu Bett gegangen war. Doch sie schlief unruhig und hörte ihre schlurfenden Schritte auf der Treppe, nachdem die Kirchenuhr eins geschlagen hatte. Also keine Kneipe; in dieser Beziehung mußte sich Mr. Morgan-Sleigh geirrt haben.
Am Morgen drang kein Laut aus dem Colegate-Bereich. Da sie nicht wagte, die Kinder allein zu lassen – beide hatten Fieber –, ohne sicher zu sein, daß jemand wach war, um nach ihnen zu schauen, wartete Rose so lange wie möglich. Dann klopfte sie an die Tür. Die Stille schien sich zu dehnen. Rose klopfte wieder. Eine schlaftrunkene Stimme rief: »Wer ist da?«
»Ich bin es – Rose. Es tut mir leid, daß ich Sie störe . . .«
Nach einer weiteren langen Pause kam Mrs. Colegate in einem verblichenen seidenen Morgenrock, der einmal recht elegant gewesen sein mußte, zur Tür. Ihr Gesicht war kalkweiß, ihre Hände zitterten heftig.
Rose berichtete vom Anruf des Anwalts – Mrs. Colegate hörte ausdruckslos zu – und sagte dann: »Es tut mir leid, daß ich Sie störe – «, warum wiederholte sie das, es stimmte gar nicht, »aber ich habe gerade mit dem Arzt telefoniert, und er sagt, wenn die Temperatur der Kinder bis Mittag nicht gesunken ist, soll man sich

mit ihm in Verbindung setzen, er kommt dann. Rufen Sie ihn nur an, dann wird er kommen«, wiederholte sie, weil Mrs. Colegate immer noch aussah, als hörte sie nicht zu.

»Den Arzt anrufen . . .? Oh, das werde ich nicht tun, ich gehe zu ihm in die Praxis«, sagte Mrs. Colegate nach einer Pause. »Ich habe sie gesehen, sie ist am Marktplatz, nicht wahr?«

»Ja«, sagte Rose ziemlich erstaunt. »Aber es wäre viel einfacher, wenn Sie telefonieren würden. Er ist bestimmt nicht da, er macht Hausbesuche – die Sprechstundenhilfe wird ihn suchen müssen.«

»Ich geh hin«, wiederholte Mrs. Colegate. »Ich bin gern an der frischen Luft.«

»Sie werden es nicht vergessen, nicht wahr?« Es war etwas so Merkwürdiges um die Frau, daß Rose tief besorgt war, die Kinder in ihrer Obhut lassen zu müssen. Sie fuhr fort: »Ich möchte nicht, daß Sie denken, ich wäre eine überängstliche Mutter, aber seit ich vom Tod des armen kleinen Pete Finn gehört habe . . .«

»Von Pete Finns Tod?« Mrs. Colegates Blick war jetzt etwas wacher. »Der Sohn vom Tierarzt in South Dean? So ein netter Junge – er hat unseren Wagen gewaschen, und mein Mann hat ihm Kartenspielen beigebracht . . .«

Die Erwähnung des Tierarztes erinnerte Rose an etwas. »Übrigens – haben Sie ein Haustier? Als ich gestern abend hereinschaute, dachte ich, ich sähe – ich meine, ich hatte nicht damit gerechnet – das Haus ist nicht sehr groß . . .«

Mrs. Colegate schwieg ein paar Sekunden lang mit ausdruckslosem Gesicht. Dann sagte sie, als hätte sie es sich inzwischen überlegt: »Ein Haustier?«

»Als ich wegen des Anrufs hereinkam, dachte ich, ich hätte so etwas wie ein Frettchen gesehen . . .«

»Oh, Sie meinen das chinesische Kaninchen meiner Schwester?« sagte Mrs. Colegate, als hätte sie plötzlich begriffen. »Machen Sie

sich keine Sorgen, ich bringe es ihr heute zurück.« Und sie fügte hinzu: »*Wir* mögen Haustiere überhaupt nicht. Machen Sie sich keine Sorgen«, schloß sie gedankenverloren.
Rose nickte, verließ das Haus und lief zu ihrem Wagen. Sie war sehr spät dran. Und es fing an zu schneien.
An den folgenden beiden Abenden waren alle Sicherungen durchgebrannt, als Rose nach Hause kam. Die Colegates taten offenbar irgendwas, was die elektrischen Leitungen übermäßig belastete. Während sie die Sicherungen reparierte, beschloß Rose, nach der Ursache zu fragen, sobald sie etwas mehr Zeit hatte – aber sie hatte so viele andere Sorgen: das immer noch hohe Fieber der Kinder, das Durcheinander in den Zimmern der Colegates, das immer sichtbar wurde, wenn sie kurz die Tür offen ließen – sollte ihnen Rose beim Aufräumen helfen? –, der zeitweilige Schnee, der das Autofahren für Rose entsetzlich machte, selbst unter besten Bedingungen fühlte sie sich am Steuer nicht sehr sicher – die hektischen ununterbrochenen Aktivitäten bei der Zeitschrift. Dann kam am Mittwochabend ein Anruf von der Polizei.
»Mrs. Burdock? Hier ist Wachtmeister Grimbold. Ich glaube, bei Ihnen wohnt ein Mr. Colegate, der einen weißen Cortina besitzt, Zulassungsnummer DDR 01 439? Würden Sie ihm wohl bitte sagen, daß er, obwohl es verboten ist, seinen Wagen im Mary Way geparkt hat? Falls das Auto nicht innerhalb einer halben Stunde entfernt ist, wird es auf seine Kosten abgeschleppt.«
»O ja – das sag ich ihm – sehr nett von Ihnen, ihm den Hinweis zu geben«, sagte Rose zu Wachtmeister Grimbold, der ein alter Bekannter war, und er bemerkte noch:
»Unter uns, sie lassen ihren Wagen an den verrücktesten Stellen stehen. Sie sollten die beiden warnen, sonst kriegen sie Ärger.«
»Oh, großer *Gott*!« sagte Mr. Colegate gereizt, als Rose ihm diese Nachricht etwas gemildert ausrichtete. »Ich muß schon sagen, es

ist *zu* schade, daß wir unseren Wagen nicht auf dem Friedhof nebenan lassen können. Zwischen den Gräbern wäre Platz genug. Diese Stadt ist nachts so unangenehm und verwirrend, wenn die Straßen so schlecht beleuchtet sind.« Es war nicht ohne Ironie, daß er mit seiner Vorliebe für Kerzenlicht sich darüber beschwerte, dachte Rose. Er fuhr fort: »Häufig haben andere Leute so rücksichtslos geparkt, daß es morgens fast unmöglich für uns ist, unseren Wagen zu finden. Meine arme Frau hat ihn heute *stundenlang* gesucht.«

Das erklärte Bobs Klage: »Heute haben wir erst um vier unser Mittagessen gekriegt, Mam. Müssen diese Colegates bleiben? Ich mag sie eigentlich nicht.«

»Oh, mein Schatz. Ich mag sie auch nicht sehr. Aber sie sehen nach euch. Und sie haben eine Monatsmiete im voraus bezahlt. Was magst du denn nicht an ihnen?«

»Alles! Und seine Marionetten sind einfach das *Letzte*!«

»Marionetten?«

»Er macht sie aus Porzellan oder so was. Sie klirren. Heute nachmittag beim Kartenspielen hat er mir zwei gezeigt. Eine hat sich von selbst bewegt – schrecklich! Wir haben Canasta gespielt, und er hat gesagt, wenn ich gewinne, könnte ich eine von den kleineren Marionetten haben. Aber ich möchte gar keine, sie machen mir Angst. Jedenfalls habe ich nicht gewonnen.«

Am frühen Dienstagmorgen ließ Mrs. Joubert Rose kommen. Die Zeitschrift war endlich im Druck; jetzt hatten sie Zeit, Luft zu holen. Rose eilte ins Büro der Redakteurin und fragte sich, welche Fehler oder Versäumnisse ans Licht gekommen waren; aus den letzten verzweifelten Tagen fielen ihr mehrere Möglichkeiten ein. Doch diese Besprechung war persönlicher Art. Mrs. Joubert kam gleich zur Sache.

»Ich habe gerade mit meiner Haushälterin in South Dean gesprochen – sie sagt, sie habe gehört, daß die jungen Colegates Zimmer in Ihrem Haus gemietet hätten.«

Die *jungen* Colegates? Rose hätte sie kaum so bezeichnet, doch im Vergleich zu dem Admiral mit Ende Achtzig konnten sie wohl als jung gelten.

»Ja, das stimmt.«

»*Dann sehen Sie, daß Sie sie sofort loswerden!* Sie *können* sie nicht in Ihrem Haus wohnen lassen.«

»Aber – aber . . .« stotterte Rose zutiefst verblüfft, »sie haben sich auf *Sie* berufen! Deshalb – deshalb habe ich sie aufgenommen . . .«

»Das sieht ihnen ähnlich! Sie hatten kein Recht dazu«, sagte Mrs. Joubert scharf. »Meine Liebe, sie haben diesen unglücklichen alten Mann fast zum Wahnsinn getrieben! Er sagte, sie jagten ihn in den Tod. Sie sind ein abstoßendes Paar!«

»Was ist los mit ihnen?«

»Na, zum Beispiel trinken sie wie die Fische. Aber es gibt noch viel Schlimmeres – sie haben alle möglichen scheußlichen Gewohnheiten – Sie *müssen* sie loswerden!«

»Aber sie haben einen Monat im voraus bezahlt!«

»Zahlen Sie das Geld zurück. Schmeißen Sie sie raus.«

»Wie soll ich das nur machen?«

»Lassen Sie sich was einfallen. Sagen Sie, Ihre Schwiegermutter kommt und will bei Ihnen leben. Ich meine es ernst.«

»Aber – sie kümmern sich um meine Kinder, die Mumps und Masern haben.«

Rose hatte das Gefühl, aus reiner Verzweiflung gleich in Ohnmacht zu fallen.

»Dann müssen Sie eben ein paar Tage freinehmen«, sagte Mrs. Joubert ungeduldig. »Ein Glück, daß die Zeitschrift im Druck ist . . .«

Kurz kam Rose der ironische Gedanke, ob ihr die freien Tage wohl auch sonst zugestanden worden wären.
»Bleiben Sie zu Hause bis nächsten Montag. Erzählen Sie ihnen eine plausible Geschichte – denken Sie sich was aus. Okay? Und heute sollten Sie früher gehen.«
Dennoch war nach den hektischen letzten Tagen noch viel zu klären und zu erledigen. Der Januarnachmittag dunkelte schon, als Rose ihren Mini gegenüber der Haustür parkte. Der Anblick von Dr. Cobbs Wagen, der unbekümmert im Halteverbot abgestellt war, ließ sie frieren vor Angst.
»Ich fürchte, jetzt kriegt der Junge auch Masern«, sagte ihr der Arzt vor Bobs Tür. »Jetzt wird es wirklich riskant . . . Ich habe ihm neue Medikamente mitgebracht. Versuchen Sie es mit Eisbeuteln. Und viel Flüssigkeit muß er bekommen. Ich schaue im Lauf des Abends noch mal rein.«
»Meinen Sie nicht, er sollte ins Krankenhaus?« Rose bemühte sich, ihre Stimme ruhig klingen zu lassen.
»Meine Liebe, die sind voll bis unters Dach. Trotzdem – machen Sie sich keine Sorgen. Bis später.«
Mach dir keine Sorgen, dachte Rose und preßte beide Hände an ihre schmerzenden Schläfen.
Als sie zehn Minuten später mit einem Krug voll Gerstenschleim die Treppe hinauflief, verstellte ihr Mr. Colegate, der mit seinem Umfang fast den ganzen Treppenabsatz für sich beanspruchte, den Weg.
»Ich bringe ihm das, um ihn abzulenken«, zirpte er fröhlich.
Sie war zu erschöpft, um sich zu verstellen.
»Nein, so was will er nicht, Mr. Colegate. Dazu ist er viel zu krank.«
Dennoch war etwas fast abstoßend Faszinierendes an Mr. Colegates Marionetten, die er von beiden Händen schlenkern ließ. Aus

Porzellan, hatte Bob gesagt, und sie hatte gedacht, er habe sich geirrt, doch tatsächlich waren die Marionetten aus Keramik – aus mehreren glockenförmigen Tonstücken, ein größeres für den Körper und das bemalte Gesicht, kleinere für Arme und Beine, jedes in das darüberhängende eingefügt und an Lederschnüren befestigt. Sie klirrten leicht bei jeder Bewegung. Die Gesichter waren lediglich durch ein halbes Dutzend schwarze und weiße Farbstriche angedeutet, doch sie hatten einen so bösartig feindseligen Ausdruck, daß man leicht verstehen konnte, warum sie Bob beunruhigt hatten. Ein Glück, daß Titch sie nicht sah.

»Er ist zu krank«, wiederholte Rose entschieden.

»Der arme Junge.« Mr. Colegate seufzte. »Es ist schwer – wenn man jung ist –, so zu leiden. Meinen Sie nicht, ich sollte ihm wenigstens *eine* Marionette zeigen? Ich habe eine große – größer als die hier –, die sich von allein bewegt; ich habe sie darauf gedrillt. Die hat ihm gefallen.«

»Nein danke, Mr. Colegate.«

Mrs. Colegate öffnete ihre Tür und streckte den Kopf heraus. Sie sah müde und ängstlich aus. Einen Augenblick lang glaubte Rose, ein schwaches, hohes Weinen aus dem Zimmer hinter ihr zu hören. Dann trat Mrs. Colegate heraus und schloß die Tür.

»Ventriloquismus«, sagte ihr Mann. »Wußten Sie, daß ich Bauchredner bin, meine liebe Rose?«

Er verzog das Gesicht, und eine quiekende Stimme kam aus den Dachbalken hoch über ihnen.

»*Laßt mich raus, laßt mich raus!*«

»Hör auf, Desmond«, sagte seine Frau hastig. »Sag, wo hast du die Sammelflasche? Ich brauche sie für . . .«

»Ich versuche, unsere liebe Rose zu zerstreuen, Laura.«

»Nun, das amüsiert sie nicht. Wo hast du die Flasche gelassen?«

»Vermutlich ist sie im Wagen«, antwortete er mürrisch.

»Und wo ist der Wagen?«
»Weiß Gott, wenn *du* es nicht weißt!« Er ging in ihr Zimmer und warf die Tür hinter sich zu. In der Sekunde, in der sie offen gewesen war, glaubte Rose wieder das Weinen zu hören. Dann kam ein dumpfer Aufschlag, und es war wieder still. Werde ich verrückt? fragte sie sich und trug den Gerstenschleim in Bobs Zimmer. Der Junge phantasierte, er schob sie weg und weinte: »Laß sie bloß nicht an mich heran, sonst mach ich sie kaputt!«
Auch Titch ging es an diesem Abend schlechter, sie klagte über Schmerzen am ganzen Hals. Aber sie wollte den Obstsaft trinken, den Bob ablehnte.
Als Rose in der Küche Apfelsinen auspreßte, wurde sie von Mr. Colegate gestört, der gekränkt wirkte.
»Ich mag ihre Kinder *sehr* gern«, erklärte er aggresiv.
»Das ist nett von Ihnen, Mr. Colegate . . . ich glaube es Ihnen.«
»Warum schreit dann Ihre Tochter wie verrückt, wenn ich in ihr Zimmer komme?«
»Sie ist sehr krank. Sie ist erst acht. Sie ist an Männer nicht gewöhnt.«
»An den Arzt ist sie gewöhnt.«
»Das ist was anderes. Ihn kennt sie seit Jahren.«
»Ich möchte ihr die Uhrenpatience beibringen. *Jedes* Kind in ihrem Alter begreift das.«
»Mr. Colegate, mir wäre es lieber, Sie gingen jetzt nicht in ihr Zimmer.«
Er sah Rose drohend an; doch in diesem Augenblick kam seine Frau herein. Sie war aufgeregt und wischte Schneeflocken von ihrem schäbigen Kopftuch.
»Desmond, ich *kann* den Wagen nicht finden. Weißt du nicht mehr, wo wir ihn gelassen haben?«
»*Du* bist gefahren.«

»Nein, ich bin . . .« fing sie an, doch er zog sie energisch in den Gang hinaus.

Rose hörte sie streiten.

»Du *mußt* dich daran erinnern.« – »Ich erinnere mich nicht.« – »Du *bist* gefahren.« – »Halt den Mund. Denk nach, wo du ihn gelassen hast.« – »Ich habe ihn *nirgendwo* gelassen.« – »Ich habe die ganze Stadt abgesucht. Wenn wir die Flasche nicht bald finden, wird es – sie werden gereizt.« – »*Ich* höre nichts.« – »Weil du taub bist, Desmond.«

Er war tatsächlich schwerhörig, Rose hatte es gemerkt; häufig mußte sie ihm wiederholen, was sie gerade gesagt hatte.

»Hast du es in der Gasse neben der Bücherei versucht – wo steht ›Reserviert für den Bibliothekar‹?«

»Nein, da nicht.«

»Vielleicht ist er dort; geh hin und sieh nach.«

»Geh du und beruhige sie; setz sie in den Vogelkäfig.«

Als die Colegates gegangen waren, brachte Rose Titch den Orangensaft. Sie glaubte, aus dem Zimmer der Colegates Geräusche eines Handgemenges zu hören, dazwischen unterdrückte Flüche.

Gerade als sie den leeren Krug wieder hinuntertrug, kam Mrs. Colegate zur Haustür herein. Offenbar war ihre Suche diesmal erfolgreich gewesen; sie trug eine schwer aussehende Zweiliterflasche aus schwarzem Glas, die in einer Art Korbgeflecht steckte, und dieses Geflecht war mit Perlen bedeckt – mit schwarzen, grünen, blauen, roten und weißen Perlen, die Buchstaben bildeten. Die Buchstaben waren kreuz und quer, von oben nach unten, von links nach rechts angeordnet wie bei einem Kreuzworträtsel; Rose erkannte keine Wörter, doch sie bemerkte die Buchstaben O, A, T, N, E und S. Diese Flasche sah höchst fremdartig aus; vielleicht hatten die Colegates sie aus Teheran mitgebracht. Was mochte darin sein und jetzt so dringend gebraucht werden? Obwohl das schwarze Glas sehr dick wirkte, schien die zarte Mrs. Colegate es ohne Anstrengung zu tragen, als ob der Inhalt leicht wäre. Vielleicht ist es Sauerstoff, dachte Rose. Oder zerdrückte Lorbeerblätter, um Motten zu vertilgen – warum hatten sie von einer Sammelflasche gesprochen?

Sie ging wieder hinauf, um Titch vorzulesen, die über Schmerzen in allen Gliedern klagte.

Das Weinen im Zimmer der Colegates war verstummt. Rose sagte sich, sie habe sich das nur eingebildet.

Dr. Cobb kam um elf und sagte, Bob halte sich tapfer.

»Legen Sie sich ein bißchen hin und sehen Sie um zwei wieder nach ihm. Rufen Sie mich, wenn Sie auch nur im geringsten beunruhigt sind«, sagte er. »Versuchen Sie jetzt ein wenig zu schlafen.«

»Okay. Sie sind sehr freundlich«, murmelte Rose.

Die Colegates waren, ihrer abendlichen Gewohnheit treu, ausgegangen. Rose unterdrückte den Wunsch, die Haustür zu verriegeln, damit sie nicht hereinkonnten. Der Versuchung, in ihr Zimmer zu schauen, konnte sie nicht widerstehen. Der Boden war immer noch mit allem möglichen bedeckt. Der Plastikkleidersack hing von einem Balken und schwang leicht hin und her. Neben der Tür stand, mit einem Stück rotem Flanell zugedeckt, der große Vogelkäfig. Vorsichtig hob Rose das Tuch – und ließ es mit einem entsetzten Schauder wieder fallen. Auf dem Boden des Käfigs lagen regungslos aneinandergeschmiegt drei kleine, weißliche, runzelige Dinger; was mochte das sein? Sie ähnelten Embryos mit schrecklichen, spitz zulaufenden, abgemagerten Gliedern. Gemälde von William Blake fielen ihr ein. Sie sagte sich, daß es nichts Lebendiges sein konnte, nichts Wirkliches. Nur ein Häufchen Fensterleder oder so etwas. Vielleicht zusammengeknüllte Plastikstücke.

Morgen würde sie den Colegates kündigen. Gleich als erstes am Morgen. Sobald sie ihnen begegnete.
Zitternd schloß sie wieder die Tür, ging in ihr Zimmer, stellte den Wecker auf zwei Uhr früh und fiel in Kleidern aufs Bett. Sie hatte gedacht, sie würde nie einschlafen, doch sie verlor augenblicklich die Besinnung, als hätte sie ein Betäubungsmittel genommen, und begann sofort zu träumen.
Sie träumte, sie beobachte Desmond Colegate und ihren Sohn beim Kartenspiel. Die Karten lagen wie Grabsteine auf einem flachen Brett, und der Raum wurde von zwei Kerzen erleuchtet, einer schwarzen und einer weißen. Mr. Colegate deutete auf die Kerzen und sagte: »Du weißt doch, was die Ägypter glaubten. Wir sind in zehn Teile gespalten, davon ist dieses das Kha oder das Doppel, und dieses das Khu oder der Geist. Hörst du zu, mein Sohn?«
»Ja«, sagte Bob müde – sein Kopf fiel aufs Kissen zurück, er konnte kaum die Augen offenhalten.
»Na gut; wir wollen des Teufels Bettpfosten spielen«, sagte Colegate und fing an, die Karten zu einem Viereck zu legen. »Der Gewinner bekommt beide Kerzen – stimmt's?«
»*Spiel nicht mit ihm, Bob*!« wollte Rose schreien, doch ihre Stimme blieb in ihr eingesperrt, ihre Lippen öffneten sich nicht. Die Spieler schoben die Karten hin und her und murmelten unverständliche Sätze. »Ich kaufe den Teufel.« – »Ich überquere den Äquator.« – »Die kalte Hand faßt den Tiger.« – »Los jetzt!« – »Die Königin der Nacht nimmt zehn.«
Plötzlich warf Colegate alle seine Karten auf das Brett und rief: »*Tote Hand*! Ich gewinne!«
Und dann nahm er einen schwarzen kegelförmigen Kerzenlöscher, drückte beide Flammen aus und steckte die Kerzen in seine Tasche.

Rose dachte, sie wäre durch ihr eigenes Schreien wach geworden, doch dann stellte sie fest, daß das Weckerrasseln sie aus dem Schlaf geholt hatte. Sie stand unsicher auf und öffnete leise ihre Schlafzimmertür.

Auf dem Treppenabsatz sah sie zu ihrem Entsetzen Desmond Colegate, der ebenfalls vollständig bekleidet war. Er schien aus Bobs Zimmer zu kommen und trug eine Taschenlampe, die einen kleinen runden Lichtfleck vor ihm auf den Boden warf. Er bemerkte Rose nicht. Er öffnete seine Zimmertür und flüsterte heiser:

»Laura. *Laura*! Der kleine Teufel ist davongekommen. Wo hast du die Flasche gelassen?«

Ihre schlaftrunkene Stimme antwortete: ». . . sie ist im Wagen.«

»*Und wo ist der verdammte Wagen*?«

»Weißt du's nicht mehr? Du hast ihn auf dem Friedhof gelassen.«

Er wirbelte herum, und Rose hörte seine Schritte auf der Treppe und das leise Zuschlagen der Haustür. Entgeistert trat sie ans Treppenfenster, das ebenfalls auf den Friedhof hinaussah, zog den Vorhang zurück und erkannte im hellen Mondlicht gegen den Schnee den Wagen der Colegates, der schräg gleich hinter dem Zaun stand. Sie konnte auch noch Colegate sehen: In einer Hand hielt er die Flasche in ihrem Geflecht, in der anderen etwas, was wie ein weißes Handtuch aussah; er sprang zwischen den Grabsteinen hin und her und verfolgte offenbar eine scheue, pfeilgeschwinde Beute. Mit dem Tuch schlug er wild hierhin und dahin, dann lief er gegen Steine, stolperte, richtete sich auf und hastete weiter.

Doch plötzlich ließ er die Flasche fallen und preßte beide Hände so heftig gegen seine Rippen, als hustete oder erstickte er – wie festgewurzelt stand er mehrere Augenblicke lang in dieser Haltung – dann fiel er schwer in den Schnee und lag still.

Rose hörte ein flaches Atmen hinter sich. Sie drehte sich um und sah Laura Colegate, die ihr über die Schulter schaute.
»Was ist los, was ist *los*?« murmelte sie ängstlich und schob mit zitternden Händen ihre Haare aus dem Gesicht.
»Ihr Mann ist auf dem Friedhof, Mrs. Colegate«, sagte Rose kalt. »Ich glaube, Sie sollten zu ihm gehen; er scheint krank geworden zu sein.«
Unglücklich vor sich hin wimmernd schlurfte die andere Frau die Treppe hinunter. »Desmond, Desmond, warum hast du nicht auf mich gewartet?« rief sie klagend, dann schlug die Tür hinter ihr zu.
Rose wartete einen Augenblick; dann sah sie, wie Mrs. Colegate sich ihrem Mann näherte, sich bückte, mit hochgeworfenen Händen sich aufrichtete und mißtrauisch um sich sah, als erwartete sie eine Menge Neugieriger.
Rose drehte sich um und lief ins Zimmer ihres Sohnes. Das Fenster stand weit offen. Auf der Bettdecke lagen Karten verstreut. Bob lag regungslos im Bett, das Gesicht der Wand zugekehrt. Rose versuchte, ihre Finger ruhig auf sein Handgelenk zu legen und fand keinen Puls. Sie rannte die Treppe hinunter zum Telefon.
»Mam? Ich habe Durst!« krächzte Titch aus ihrem Zimmer.
»Nur eine Sekunde, Liebes. Es dauert nicht lang.«
Rose wählte die Nummer des Arztes; dabei hörte sie, wie die Haustür geschlossen wurde und Mrs. Colegate schlurfend durch die Diele ging.

ZEIT ZUM LACHEN

Als Matt ins offene Fenster der Villa stieg, hatte es seit drei Tagen unausgesetzt geregnet – ein Augustregen, der die bronzegrünen Weizenfelder plattdrückte, die Wäldchen rund um Wentby in düstere grüne Dschungel verwandelte und aus der Autostraße im Südzipfel der kleinen Stadt einen schmierigen Alptraum machte, auf dem die Wagen rutschten und krachend aufeinanderfuhren; alle Polizisten des Bezirks waren verzweifelt damit beschäftigt, eine Unfallstelle nach der anderen zu räumen.

Wenn es in Wentby einen Fluß gegeben hätte, wäre Matt an diesem Samstagnachmittag vielleicht fischen gegangen . . . doch die Stadt hieß eigentlich Wentby Waterless, der nächste Bach war zwanzig Meilen entfernt, der Regen sammelte sich in schlammigen Pfützen auf dem Lehmboden oder sank in die durchlässigere Erde und verschwand. Und wenn die Polizei nicht so offensichtlich vom Chaos auf der Autobahn festgehalten und abgelenkt gewesen wäre, hätte Matt vielleicht nie den Einfall gehabt, daß jetzt der ideale Zeitpunkt gekommen war, die Villa zu erkunden. Immerhin, was konnte man nach einem dreitägigen Regen sonst schon unternehmen? Das Regina-Kino hatte vor zehn Jahren seine Türen endgültig geschlossen und Pleite gemacht.

Der Mantel seiner Schuluniform wäre zu auffallend und zu verräterisch gewesen; Matt trug seine schwarze Kunstlederjacke, obwohl sie nicht ganz regenfest war. Immerhin schützte sie ihn vor den Himbeersträuchern, die ihm den Weg versperrten.

Einen Zugang zum Grundstück der Villa kannte er seit langem: Er

hatte festgestellt, daß es in einem kleinen Dreieck in die Ecke eines Bauhofs schnitt, auf dem sein Vater einmal kurze Zeit gearbeitet hatte. Matt verfügte über ein gutes visuelles Gedächtnis, er vergaß nie eine Beobachtung, und nach einem einzigen Besuch auf dem Bauhof (vor zwei Jahren, als er seinem Vater gesagt hatte, daß Mam ins Krankenhaus gebracht worden war) fand er seinen Weg ohne Zögern zwischen Zementmischern, Stapeln von Holzlatten und Zementplatten zur richtigen Ecke, zum Lattenzaun und dem Gewirr der Holunderbüsche. Kelly machte sich nie die Mühe, seinen Hof abzuschließen, und an einem Samstagnachmittag war hier sowieso keiner; alle saßen gemütlich zu Hause vor dem Fernseher.
Er bahnte sich einen Weg durch das nasse Buschwerk und kam, wie er erwartet hatte, zu der mit Unkraut überwachsenen Terrasse am Fuß einer Treppe; überlange Heckenrosenranken machten sie fast unzugänglich, aber er kam dennoch hinauf und wurde oben durch den Blick auf ein düsteres Rasendreieck belohnt, das sich links zum Haus und rechts zu den ungepflegten Gemüsegärten erstreckte. Erstaunlicherweise – mitten in Wentby – saßen auf dem Rasen fressende Kaninchen, die bei seinem Erscheinen flohen. Und zwischen ihm und dem Haus hoben sich zwei alte, riesige, fruchtbeladene Apfelbäume vom dunstigen Himmel ab. Er hatte sie auf einer Luftaufnahme der Stadt gesehen, die kürzlich am Schwarzen Brett in der Schule gehangen hatte. Dieses Bild hatte ihn auf den Gedanken gebracht, die Villa zu erforschen; wenn man die Augen offenhielt und seinen Verstand gebrauchte, konnte man in der Schule schon ein paar Dinge lernen. Natürlich hatte er schon zuvor von der Villa gehört, doch sie war von keiner der Straßen zu sehen: ein großes Haus, um die Mitte des neunzehnten Jahrhunderts auf einem unzugänglichen Grundstück erbaut, das später, nach dem Zweiten Weltkrieg, von einer

reichen alten ehemaligen Schauspielerin und ihrem Mann, einem Produzenten, gekauft worden war, von Mrs. und Oberstleutnant Jordan. Kaum jemand hatte die beiden je zu Gesicht bekommen; sie verließen das Haus nie, gingen nirgendwohin. Matt hatte die ungenaue Vorstellung, daß einer von ihnen – vielleicht auch beide? – gestorben war.
Allgemein nahm man an, daß es in dem Haus Gespenster gab; und Schätze; und daß es gut geschützt war durch viele Alarmanlagen im Haus, durch Gongs, die plötzlich schlagen würden, Glocken, die mit dem Polizeirevier verbunden waren, gar nicht zu reden von Menschenfallen, Schreckschußanlagen und bissigen Schäferhunden im Gelände.
Doch die Schäferhunde schienen nicht vorhanden zu sein – sonst hätten doch bestimmt die Kaninchen nicht so friedlich gefressen? Matt fing an, diesen Geschichten zu mißtrauen, und ging leise, aber recht zuversichtlich über das nasse buschige Gras zu den Apfelbäumen. Zu seinem Ärger waren die Früchte noch lange nicht reif. Außerdem waren es armselige kleine Äpfel, wahrscheinlich Kochobst, knollig und mißgestaltet, sie lohnten das Bücken nicht. Selbst die Vögel schienen sich nichts aus ihnen zu machen; viele kleine Äpfel, die der Wind vom Baum geweht hatte, lagen schon faulend auf der Erde. Matt warf zwei davon gegen die Hauswand und hörte befriedigt das Platschen, mit dem sie auf dem Stein aufprallten. Das Haus war nicht aus dem ortsüblichen Ziegelstein gebaut, sondern aus großen Brocken eines düsteren, rotbraunen Felsens, der, zweifellos für viel Geld, aus dem Norden hergebracht worden war. Es wirkte mächtig und häßlich; dunkel wie Blut, vielgiebelig und finster bewachte das Gebäude das verwilderte Gelände. Es sah verlassen aus; alle Fenster waren dunkel, selbst an einem so nassen, verhangenen Nachmittag. Und als er über eine Wagenauffahrt voller Gras und

Unkraut zur Vorderseite des Hauses schlich, stellte Matt fest, daß die Stufe vor der Haustür mit einer dünnen Moosschicht überzogen war, als hätte seit Monaten kein Fuß sie berührt. Vielleicht an der Hintertür . . .? Aber die lag in einiger Entfernung hinter einem Spalier mit gelbgetupftem Zierlorbeer. Als Matt auf sie zusteuerte, blieb er plötzlich stehen; der Anblick eines halb geöffneten Fensters, das bisher hinter einem unbeschnittenen Busch Winterjasmin verborgen gewesen war, hatte ihn erschreckt. Die winzigen dunkelgrünen Blätter der Pflanze waren von der Nässe fast schwarz. Auch das sargförmige Rechteck des offenen Fensters war schwarz. Etwa fünf Minuten lang starrte Matt es an wie hypnotisiert und konnte sich nicht entscheiden, ob er hineinsteigen sollte oder nicht.

War jemand dort drinnen im Dunkeln? Oder war, vielleicht vor Wochen, in das Haus eingebrochen worden, und der Einbrecher hatte das Fenster offenstehen lassen, sich nicht die Mühe gemacht, den Hinweis auf sein Eindringen zu vertuschen, weil sowieso niemand hier herkam? Oder – beunruhigender Gedanke – war jetzt, zu dieser Minute, ein Einbrecher im Haus?

Während ihm alle diese verschiedenen Möglichkeiten durch den Kopf schossen, war Matt langsam auf die Hausseite mit dem Fenster zugegangen; das Fenster lag etwa zwei Meter über der Erde, war aber so dicht von Ranken umwachsen, daß es überhaupt nicht schwierig sein konnte, hinaufzuklettern. Die Ranken wirkten unberührt, nirgendwo sah man Spuren von Zerstörung. Fast ohne sich darüber klarzuwerden, daß er eine Entscheidung getroffen hatte, grub Matt seine Zehen in das feuchte Gewirr und zog sich hoch – ein Tropfenschauer sprühte ihm ins Gesicht –, bis er sich übers Fenstersims beugen konnte; die Ellbogen stützte er auf die Innenkante des Rahmens. Wie zu erwarten war, schwamm das Regenwasser auf dem inneren Sims, wo die Farbe schon

absprang; das Fenster mußte also seit Stunden, vielleicht seit Tagen offen sein.
Matt starrte in den dunklen Raum und wartete, bis seine Augen sich an das spärliche Licht gewöhnt hatten. Zuerst sah er nur eine Ansammlung von Möbeln. Langsam löste sie sich in erkennbare Formen auf: gepolsterte Sessel mit hohen Lehnen und geschwungenen Beinen, geschnitzte Beistelltische, eine Stehlampe mit kunstvollem, gefälteltem Schirm, hängende Quasten, eine riesige Porzellankanne, ein Teppich mit Blumenmuster, ein schwarzer, fadenscheiniger Läufer vor dem Kamin, ein goldgerahmtes Porträt über dem Kaminsims. Im Kamin brannte kein Feuer, der Sessel daneben war leer, das Zimmer wirkte tot. Matt horchte angestrengt und konnte von nirgendwo im Haus einen Laut hören. Ermutigt schwang er ein Knie übers Sims, zog Kopf und Schultern unter dem Schiebefenster ein und ließ sich ins Zimmer fallen; dann zog er mit instinktiver Vorsicht das Schiebefenster hinter sich zu, damit für den unwahrscheinlichen Fall, daß ein anderer Eindringling in den Garten käme, der Weg ins Haus nicht so verlockend sichtbar wäre.
Matt wollte das Fenster nicht ganz schließen, doch der Widerstand am Schiebemechanismus war kaputt, und sobald der schwere Rahmen einmal in Bewegung war, schoß er herunter, bevor Matt ihn anhalten konnte; leicht bestürzt hörte er einen Riegel klicken. Offenbar handelte es sich um ein einbruchsicheres Schloß, denn er konnte das Fenster nicht mehr öffnen. In der Verriegelung war ein Schlüsselloch, und er nahm an, daß sie sich ohne Schlüssel jetzt nicht mehr aufmachen ließ.
Mit unterdrücktem Fluchen drehte Matt sich um und sah ins Zimmer. Wie sollte er je den Schlüssel in diesem vollgestopften, dunklen Raum finden? Er könnte in einer Schale voller Krimskrams auf dem Kaminsims liegen – oder in einer Schreibtisch-

schublade – oder an einem Nagel hängen – oder in einer Schachtel sein – kein zufälliger Eindringling konnte darauf hoffen, ihn in die Finger zu bekommen. Genausowenig – er drehte sich um – konnte er das Fenster einschlagen und so hinauskommen. Die Fensterscheiben waren zu klein, die Trennstäbe zu dick. Dennoch mußte es andere Möglichkeiten geben; vielleicht konnte er einfach eine Tür aufschließen, die nach draußen führte. Er beschloß, vor irgendwelchen weiteren Erkundungen seinen Rückzug zu sichern, und ging auf eine Türöffnung zu, die er rechts sah. Sie führte in ein großes, kaltes Eßzimmer, in dem ein spinnwebbedeckter Lüster über einem massiven Mahagonitisch hing, um den acht Stühle standen und der geisterhaft graues Licht von einem Fenster dahinter zurückwarf.

Das Eßzimmerfenster war zu Matts Erleichterung ein Flügelfenster; das kann man leicht einschlagen, dachte er und war schon wieder besser gelaunt. Aber vielleicht war das gar nicht nötig, vielleicht war die Einbruch-Sicherung nicht verriegelt. Gerade wollte er durchs Zimmer gehen und die Sache näher betrachten, als ein silberhelles Gelächter hinter ihm ihn so erschreckte, daß er fast den Verstand verlor.

»Haha! Haha! Ha-ha-ha-ha-ha-ha!« trillerte die spöttische Stimme keine zwei Meter entfernt. Matt wirbelte herum, das Herz sprang ihm fast aus der Brust. Er hätte geschworen, daß keine Menschenseele im Haus war. Vielleicht ein Geist? Waren die Geschichten also doch wahr?

Das Zimmer, das er zuerst betreten hatte, schien immer noch leer zu sein, aber das Gelächter war zweifellos aus dieser Richtung gekommen, und als er in der Türöffnung stand und voll panischer Angst um sich sah, hörte er es wieder, ein langes, spöttisches Getriller, das sich in genau der gleichen Tonfolge wiederholte.

»Großer Gott!« flüsterte Matt.

Und dann, als er wirklich glaubte, aus Angst ohnmächtig zu werden, wurde das Rätsel gelöst. An genau derselben Stelle, von der das Lachen gekommen war, begann eine Uhr zu schlagen in einem dünnen silbrigen Ton, der offenbar auf das Lachen abgestimmt war: *ting, tong, ting, tong.* Vier Uhr. »Großer Gott«, flüsterte Matt wieder. »Was soll man dazu sagen! Eine lachende Uhr!«

Er ging hin, um die Uhr zu betrachten. Sie war groß und kunstvoll und stand auf einer Art Sekretär mit Messinggriffen unter einer Glaskuppel. Das Äußere der Uhr, das Gehäuse oder wie immer man das nannte, war überall vergoldet und mit goldenen Engeln geschmückt, die lachend durcheinanderfielen, ihre dicken kleinen Köpfe zurückwarfen oder sich krümmten vor Belustigung.

»Sehr komisch«, murmelte Matt ärgerlich. »Ihr könnt lachen, und ich hab fast einen Herzschlag gekriegt.«

Über der Uhr sah er jetzt einen großen Wandteppich, der das Thema wiederholte: Hier waren es Mädchen in faltenreichen Gewändern und ein dicker alter Mann, der auf einem Faß saß und sich Trauben in den Mund stopfte, während er mit dem anderen Arm ein Mädchen an sich drückte; alle platzten fast vor Lachen über irgendeinen Witz. Nach dem Aussehen des Alten zu urteilen, war es wohl ein deftiger.

Matt wünschte sehr, die Uhr würde wieder schlagen, aber wahrscheinlich tat sie das nicht bis fünf – es sei denn, sie schlug auch die Viertelstunden. Am besten erforschte er inzwischen das übrige Haus und kam um fünf hierher zurück. Er überlegte, ob es möglich wäre, die Uhr zu klauen. Doch sie sah erschreckend schwer aus – und wahrscheinlich war ihr Mechanismus kompliziert und anfällig, etwas könnte kaputtgehen, wenn sie bewegt wurde. Und wie sollte er sie durch all die Büsche und über den Lattenzaun tragen? Und dann wäre da noch das Problem, ihr Vorhandensein in der Sozialwohnung seines Vaters zu erklären; er konnte schwerlich sagen, er hätte sie auf einer Müllhalde gefunden. Dennoch sehnte er sich danach, sie zu besitzen – allein der Gedanke, was die anderen Jungen in der Bande sagen würden, wenn sie davon erfuhren! Vielleicht sollte er sie in der Wohnung von Kip Butterworth aufbewahren – Kip, der Glückspilz, hatte ein eigenes Zimmer mit so viel elektronischem Kram darin, daß eine Uhr mehr oder weniger nicht auffallen würde.

Aber zuerst würde er Kip herbringen, rechtzeitig bevor die Uhr schlug, dann würde *der* die Angst seines Lebens kriegen . . .

Bei diesem erfreulichen Gedanken kicherte Matt in sich hinein und wandte sich wieder zum Eßzimmer, wo er einen der Fensterflügel öffnen wollte. Da erstarrte er zum zweiten Mal vor Schreck. Hinter ihm sagte eine Stimme: »Wenn du schon da bist, kannst du auch die Uhr aufziehen.« Und sachlich fügte sie hinzu: »Samstags muß sie aufgezogen werden, es ist also ganz gut, daß du gekommen bist.«

Diesmal war die Stimme zweifellos menschlich; zitternd wie Espenlaub mußte Matt sich eingestehen, daß sie unmöglich von irgendeinem elektronischen Gerät kommen konnte – noch nicht einmal von einem Gespenst. Es war die Stimme einer alten Frau, rauh, trocken, etwas zittrig, aber volltönend; nur, wo zum Teufel, *war* sie?

Dann sah er, daß hinter dem Kamin keine Wand war, wie er gedacht hatte, sondern einer dieser schwingenden Bambusvorhänge, und dahinter – wieder ein schlimmer Augenblick für Matt – saß diese bewegungslose Gestalt in einem Sessel und beobachtete ihn. Sie mußte ihn die ganze Zeit beobachtet haben, seit er eingestiegen war, denn der Raum hinter dem Vorhang war nur eine Art Alkoven vor einem großen Erkerfenster. Sie mußte die ganze Zeit dagewesen sein . . .

»Los«, wiederholte sie und sah Matt fest an aus Augen, die wie schwarze Dreiecke wirkten, »zieh die Uhr auf.«

Er fand seine Stimme wieder und sagte heiser: »Wo ist der Schlüssel?«

»In der runden Schale links.«

Sein Herz setzte einen Schlag aus; vielleicht war dort auch der Fensterschlüssel. Aber in der Schale lag nur ein Schlüssel, ein langer schwerer Messingstab mit einem Kreuzstück an einem Ende und vielen Einkerbungen am anderen.

»Heb die Kuppel ab; vorsichtig«, sagte sie. »Vorn siehst du zwei Schlüssellöcher. Du mußt beide Mechanismen aufziehen. Der eine ist für die Uhr, der andere für das Schlagwerk.«

Und als er die Kuppel hob und anfing, den Schlüssel zu drehen, fügte sie nachdenklich hinzu:

»Mein Mann hat diese Uhr für mich gemacht, zu meinem dreißigsten Geburtstag. Es ist eine Aufnahme meiner eigenen Stimme – das Lachen. Seltsam, nicht wahr? Er war Elektroingenieur, weißt du. Uhren waren seine Leidenschaft. Er hat ungewöhnliche Uhren aller Art gebaut – zum Beispiel eine Shakespeare-Uhr, eine mit einem bellenden Hund, eine, die Kirchenlieder sang – wieder mit meiner Stimme. Ich hatte damals eine schöne Singstimme – und mein Lachen war natürlich berühmt. ›Miß Langdales kristallklares Lachen‹ pflegten die Kritiker es zu nennen . . . Kurz vor seinem Tod hat mein Mann eine Schädeluhr gebaut. Dort ist der Schädel.«

Und dort war er tatsächlich, ein echter Schädel, der auf dem großen Porzellankrug rechts neben der Uhr lag.

Ungenau erinnerte sich Matt jetzt an Berichte über den Tod ihres Mannes; war da nicht irgend etwas Merkwürdiges gewesen? Er war in der Unterführung unter der Autobahn gefunden worden, Tod durch Herzversagen, mindestens eine Meile von seinem Haus entfernt; was hatte er mitten in der Nacht dort *getan*? Warum war er durch die Unterführung gegangen, die gar nicht für Fußgänger bestimmt war?

»Er war unterwegs, um Zigaretten zu kaufen, als er starb«, fuhr sie fort, und Matt schrak zusammen, hatte sie seine Gedanken gelesen? Wie konnte sie wissen, was ihm durch den Kopf ging? Das war unheimlich.

»Seither habe ich das Rauchen aufgegeben«, sagte sie. »Es blieb mir nichts anderes übrig . . . Sie liefern nicht ins Haus, verstehst du? Manche Sachen werden geliefert, also bin ich zufrieden mit dem, was ich kriegen kann. Ich hab es nicht gern, wenn zu oft Leute ins Haus kommen, weil sie die Vögel erschrecken. Ich bin ein großer Vogelliebhaber, weißt du . . .«

Wenn sie keine Dienstboten hat, ist sie also allein im Haus, dachte Matt, während sie mit ihrer scharfen, trockenen alten Stimme weiterredete. Langsam ließ sein Entsetzen nach – vielleicht konnte er sie dazu bringen, ihn gehen zu lassen. Vielleicht war sie überhaupt verrückt?

»Werden Sie die Polizei rufen?« fragte er kühn. »Wissen Sie, ich wollte nichts stehlen – ich wollte mich nur mal umsehen.«

»Mein Lieber, mir ist es egal, *warum* du hereingekommen bist. Da du nun mal *da* bist, kannst du dich genausogut nützlich machen. Geh bitte ins Eßzimmer und hol ein paar von den Flaschen, die dort stehen.«

Der Regen hatte ein wenig nachgelassen, und im Eßzimmer war es etwas heller, als er jetzt hineinging. An der Fensterwand sah Matt zu seinem Erstaunen hölzerne Flaschengestelle voller Liter- und Halbliterflaschen Champagner. Es mußten Hunderte sein. In zwei großen Holzkörben neben dem leeren Kamin lagen außerdem Dutzende leerer Flaschen. Ein Sessel war vor einen elektrischen Heizofen geschoben worden, der nicht eingeschaltet war, auf

einem silbernen Tablett standen auf dem Boden neben dem Sessel ein halbleeres Glas und eine Flasche.
»Bring auch ein Glas«, rief Mrs. Jordan.
Und als er mit Glas, Tablett und mehreren Flaschen unter dem Arm zurückkam, sagte sie: »Und jetzt machst du eine auf. Hoffentlich weißt du, wie?«
Er wußte es vom Fernsehen; es gelang ihm ohne Schwierigkeit.
»Natürlich sollte er gekühlt sein«, bemerkte sie und nahm das Glas entgegen. Eine Hand lag schlaff auf der Sessellehne – von Zeit zu Zeit zog sie sie mit der anderen Hand hoch, wenn sie heruntenglitt. Und jetzt, als er ihr zum ersten Mal richtig nahe kam, fiel ihm auf, daß sie sehr schlecht roch; ein seltsamer, übler Geruch nach vertrocknetem, ungewaschenem Alter und etwas Schlimmerem. Langsam kam ihm der Verdacht, daß sie vielleicht unfähig war, sich aus ihrem Sessel zu rühren. Merkwürdigerweise verringerte das nicht seine Angst vor ihr, es steigerte sie. Obwohl sie eine magere, gebrechliche alte Frau zu sein schien, war ihr Gesicht immer noch recht voll, bleich und aufgequollen wie nicht durchgebackener Teig. Es mußte einst – vor vielen Jahren – hübsch gewesen sein wie auf einer Kinderbuchillustration das einer bösen Fee, die vorgibt, eine Prinzessin zu sein; jetzt sah sie nur böse und geheimnisvoll aus, wie sie da auf ihr Glas mit Sprudelzeug herabgrinste. Ihr Haar von der Farbe alten, trockenen Strohs war sehr kunstvoll auf ihrem Kopf hochgetürmt. Vielleicht war es eine Perücke?
»Hol dir auch ein Glas, wenn du willst«, sagte sie. »Im Eßzimmerschrank stehen noch welche.«
Er dachte kurz daran, durchs Eßzimmerfenster zu verschwinden, während er dort war; doch er war neugierig darauf, den Schampus zu probieren, und eigentlich brauchte er sich nicht zu beeilen. Es war ziemlich klar, daß die Alte nicht von der Stelle kam und ihm

nicht gefährlich werden konnte, obwohl sie ihm ziemlich unheimlich war. Außerdem wollte er noch einmal diese Uhr schlagen oder besser: lachen hören.

Als er ein Glas aus der glänzenden Reihe im Schrank nahm, kam ihm ein fabelhafter Gedanke: Warum sollte er nicht die ganze Bande zu einem Festmahl herbringen? Schließlich gab es hier Hunderte und Aberhunderte Champagnerflaschen – welche Vergeudung, sie nicht zu genießen! *Sie* würde die nie schaffen – nicht in dem Zustand, in dem sie war. Vielleicht konnte er auch ein paar Dosen im Haus finden – wenn nicht, konnten sie selbst etwas zum Essen mitbringen, Hamburger und Kartoffelchips oder ein paar Fertigmahlzeiten vom Chinesen – wenn die Alte in ihrem Sessel tatsächlich gelähmt war, konnte sie sie nicht daran hindern . . . Es wäre sogar noch lustiger, noch aufregender, sie dabeizuhaben. Sie konnten sie aus dem Nebenraum herholen und mit ihrem eigenen Schampus auf ihre Gesundheit trinken; zu lang sollten sie allerdings nicht damit warten, es sah nicht so aus, als hätte sie noch länger als ein paar Tage zu leben.

Kerzen, dachte er, wir müssen Kerzen mitbringen; und gerade jetzt unterbrach ihre Stimme seine Gedanken und rief: »Bring die beiden Kerzen, die auf dem Schrank stehen.«

Er fuhr heftig zusammen – aber es war schließlich nur ein Zufall –, nahm die Kerzen in den hohen Kristallhaltern und trug sie mit dem Glas für sich ins Nebenzimmer.

»Streichhölzer sind auf dem Sims«, sagte sie.

Die Streichhölzer waren in einem hübschen Emailkästchen. Er zündete die Kerzen an und stellte sie auf den kleinen Tisch neben ihr. Jetzt konnte er deutlicher sehen, daß etwas äußerst Seltsames an ihr war: Ihr Gesicht war auf einer Seite ganz verzerrt, und eine Hälfte schien sich nicht richtig zu bewegen.

»Der Strom ist abgestellt«, sagte sie. »Ich habe vergessen, die Rechnung zu bezahlen.«
Mit ihrer linken Hand kam sie immer noch gut zurecht, und sie hatte zwei Gläser rasch hintereinander geleert und sich jedesmal aus der geöffneten Flasche neben ihrem Ellbogen nachgeschenkt.
»Gieß dir ein«, sagte sie etwas undeutlich.
Er hatte großen Durst – Samstag mittags aßen sie immer geräucherte Heringe und gebackene Bohnen, und auch die Angst hatte ihm den Mund ausgetrocknet –, wie Mrs. Jordan schüttete er ein Glas und dann noch eins hinunter. Das Getränk schäumte ein bißchen – im übrigen hatte es nicht viel Geschmack.
»Am besten machst du noch eine Flasche auf«, sagte sie. »Eine reicht uns beiden nicht. Warum holst du nicht gleich noch ein paar, wenn du schon dabei bist.«
Sie sorgt vor, dachte er; sie weiß, daß sie aus ihrem Sessel nicht heraus kann, also will sie einen Vorrat haben für die Zeit, wenn ich weg bin. Er fragte sich, ob es ein Telefon im Haus gab. Sollte er einen Arzt anrufen, die Polizei, sollte er einen Krankenwagen holen? Aber dann müßte er seine Anwesenheit erklären. Und er und die Bande kämen nie zu ihrem Festmahl. Dann würden die Fenster bestimmt versperrt, und sie käme in die Pflegeabteilung des Königlichen West-Midland-Krankenhauses wie Tante Glad nach ihrem Schlaganfall.
»Es gibt hier kein Telefon«, sagte Mrs. Jordan ruhig. »Ich habe es nach Jocks Tod entfernen lassen; das Klingeln hat die Vögel gestört. – So ist es gut, stell sie alle neben meinen Sessel, wo ich sie erreichen kann.«
Er machte eine weitere Flasche auf, füllte beide Gläser und ging nach nebenan, um noch eine Ladung zu holen.
»Die Uhr gefällt dir, nicht wahr?« sagte sie, als er auf dem Rückweg davor stehenblieb.

»Ja. Sie ist ungewöhnlich.«

»In einer Minute schlägt sie die Viertelstunde«, sagte sie, und schon geschah es – ein leises, ziemlich spöttisches Kichern, nur ein kurzes Geräusch. Matt sträubten sich die Nackenhaare, aber wieder dachte er, Mann, wenn das die Bande hört! Das klingt wirklich gespenstisch.

»Ich will aber nicht, daß du sie mitnimmst«, sagte sie. »Nein, nein, das geht auf keinen Fall. Ich sitze gern hier und höre ihr zu.«

»Ich hatte nicht vor, sie mitzunehmen!«

»Nein? Nun, wie auch immer.« Ihre schwarzen Augen lachten auf ihn herunter – er hockte auf dem Teppich neben ihrem Sessel und zog einen besonders widerspenstigen Korken aus der Flasche. »Ich gehe kein Risiko ein. Acht Tage – diese Uhr geht acht Tage lang. Hast du auch das Schlagwerk aufgezogen?«

»Ja, ja«, sagte er ungeduldig und goß wieder strohfarbenen Schaum in ihre Gläser. Durch die blasse Flüssigkeit im Glas schienen ihre Augen ihn immer noch schlau anzusehen.

»Stell dein Glas einen Augenblick lang ab«, sagte sie. »Auf den Boden – so ist's gut. Jetzt schau mal her.« Sie hielt ihren mageren Zeigefinger hoch. Dahinter konnte er diese beiden dunklen Dreiecke sehen. »So ist es richtig. Jetzt – sieh auf meinen Finger –, jetzt bist du sehr müde, stimmt's? Du wirst dich auf den Boden legen und einschlafen. Du wirst – sehr bequem – zehn Minuten lang schlafen. Wenn du aufwachst, gehst du zu dieser Tür und schließt sie ab. Der Schlüssel steckt im Schloß. Dann ziehst du den Schlüssel ab und schiebst ihn mit einer der Stricknadeln, die auf dem kleinen Tisch an der Tür liegen, unter der Tür durch. Aaah! Du bist so müde.« Sie gähnte angestrengt. Auch Matt gähnte. Sein Kopf sank zur Seite auf den Teppich, und reglos lag er da in tiefem Schlaf.

Während er schlief, war es sehr still im Zimmer. Das Haus war so abgelegen auf dem Grundstück zwischen den Bauhöfen, daß kein Geräusch von der Stadt herdrang; nur schwach hörte man aus der Ferne das Brausen von der Autobahn. Mrs. Jordan saß bewegungslos da und horchte. Sie schlief nicht; sie hatte schon genug geschlafen und würde bald noch tiefer schlafen. Sie saß da und horchte und dachte an ihren Mann; zuweilen bog das schiefe Lächeln einen Mundwinkel nach unten.

Zehn Minuten später wachte der Junge auf. Benommen rappelte er sich hoch, ging zur Tür, schloß sie ab, nahm den Schlüssel und schob ihn mit einer langen hölzernen Stricknadel unter der Tür durch und weit hinaus auf den glänzenden Eßzimmerboden.

Dann ging er zu der alten Dame zurück, starrte sie vage und verwirrt an und rieb sich die Stirn.

»Ich hab Kopfweh«, sagte er mürrisch.

»Du brauchst was zu trinken. Mach noch eine Flasche auf«, sagte sie. »Horch: die Uhr schlägt die halbe Stunde.«

In der anderen Zimmerecke kicherte die Uhr silbrighell.

Christine Nöstlinger
GRETCHEN SACKMEIER
Eine Familiengeschichte

Gretchen Sackmeier war vierzehn Jahre alt, einen Meter sechzig groß und wog vierundsechzig Kilo und dreihundert Gramm. Ob sie dick war, läßt sich schwer sagen, denn dick sein ist, wie vieles andere im Leben auch, eine ziemlich relative Angelegenheit. Entscheidend ist, wie Gretchen Sackmeier sich selbst fühlte, und Gretchen kam sich, besonders im Turnsaal zwischen der stangendünnen Evelyn und der zaundürren Sabine, unheimlich fett vor, fetter als ein Kübel voll Gänseschmalz. Richtig wohl fühlte sie sich eigentlich nur zu Hause, bei Mama, Papa, Hänschen und Mädi. Die waren noch dicker als Gretchen.

Aber Übergewicht hin, Übergewicht her: Die Sackmeiers führten ein ausgesprochen friedliches Familienleben – bis zu Mamas fünfzehntem Maturatreffen jedenfalls. Und da fängt die Geschichte erst richtig an . . .

Ein Buch für Mädchen *und* Jungen, für Mütter *und* Väter.

VERLAG FRIEDRICH OETINGER · HAMBURG

Yngve Berger

WINDSCHATTEN

Roman

Svante ist siebzehn. Sein Leben war bisher farblos und unbedeutend: wie im Windschatten all dessen, was besonders, schön und aufregend ist. Seine letzten Schulferien sind zugleich der erste Sommer, den er nicht zusammen mit seinen Eltern verbringen muß. Und darauf freut Svante sich. Doch wahrscheinlich würde auch dieser Sommer so ereignislos verlaufen wie die anderen, wenn sein Großvater ihm nicht ein altes Segelboot gekauft und ihm geholfen hätte, es startklar zu machen. Jetzt könnte Svante dem Sommer eigentlich unbesorgt entgegensehen, sozusagen die Fahrt ins Leben beginnen – wenn er nur eine Freundin hätte. Eines Tages nimmt er seinen ganzen Mut zusammen und lädt Millan, ein Mädchen aus seiner Klasse, zu einer Segeltour ein ...

»Das alles wird sehr realistisch und doch manchmal wie schwebend geschildert, sachkundig, zum Beispiel im Hinblick auf Bootswerft und Segeln; in der Darstellung menschlichen Miteinanders sehr direkt und zugleich sehr zart, humorvoll und einfühlsam. Sexualität wird nicht ausgeklammert, sondern ganz selbstverständlich einbezogen, sie ist nicht Bedingung, aber mögliche Erfüllung einer Begegnung, die zur Liebe hinführt.«

HESSISCHER RUNDFUNK

VERLAG FRIEDRICH OETINGER · HAMBURG